集成电路科学与技术丛书

图解入门——功率半导体基础与工艺精讲

（原书第2版）

［日］佐藤淳一　著

曹　梦　译

机械工业出版社

本书以图解的方式深入浅出地讲述了功率半导体制造工艺的各个技术环节。全书共分为10章，包括俯瞰功率半导体工艺全貌、功率半导体的基础知识及运作、各种功率半导体的作用、功率半导体的用途与市场、功率半导体的分类、用于功率半导体的硅晶圆、硅功率半导体的发展、挑战硅极限的SiC与GaN、功率半导体制造过程的特征、功率半导体开辟绿色能源时代等。

本书适合与半导体业务相关的人士、准备涉足半导体领域的人士、对功率半导体感兴趣的职场人士和学生阅读。

北京市版权局著作权合同登记　图字：01-2021-0625号

图书在版编目（CIP）数据

图解入门·功率半导体基础与工艺精讲：原书第2版/（日）佐藤淳一著；曹梦译.—北京：机械工业出版社，2022.8（2023.9重印）

（集成电路科学与技术丛书）

ISBN 978-7-111-71393-7

I.①图… Ⅱ.①佐… ②曹… Ⅲ.①半导体工艺-图解 Ⅳ.①TN305-64

中国版本图书馆CIP数据核字（2022）第144210号

机械工业出版社（北京市百万庄大街22号　邮政编码100037）

策划编辑：杨　源　责任编辑：杨　源

责任校对：徐红语　责任印制：张　博

北京建宏印刷有限公司印刷

2023年9月第1版第4次印刷

184mm×240mm·11.25印张·213千字

标准书号：ISBN 978-7-111-71393-7

定价：99.00元

电话服务　　　　　　网络服务

客服电话：010-88361066　机　工　官　网：www.cmpbook.com

　　　　　010-88379833　机　工　官　博：weibo.com/cmp1952

　　　　　010-68326294　金　书　网：www.golden-book.com

封底无防伪标均为盗版　机工教育服务网：www.cmpedu.com

前　言
PREFACE

　　本书是 2011 年出版的《图解入门——功率半导体基础与工艺精讲》一书的修订版。
书中有两点值得注意。

　　第一是作为一本介绍半导体的入门书籍，本书将重点放在了功率半导体上。 大多数
传统的入门类书籍是以 MOS LSI 为前提展开的，这次我们尝试着从不同的侧重点出发来进
行编写。 也正因为如此，本书专门在搞清与 MOS LSI 的差异上下了一些功夫。

　　第二是将制造过程纳入书中，这在第 1 版中没有提及。

　　无论是文科还是理科出身，对功率半导体感兴趣的商业人士和学生，都是本书的目标
受众，并且我们假定读者已经了解了一些关于半导体的基本知识。 由于本书面向的对象
是开展功率半导体业务或是将来想进入功率半导体领域的人，在编写时内容方面尽量做到
"浅显而广泛"。 考虑到不同背景的读者，本书主要对功率半导体的历史、运行原理、应
用、材料和工艺等进行了讲解。 虽然我们努力将内容简洁化，使得跨专业背景的人也可
以看懂，但在材料和设备的原理说明部分，还是会有一些比较硬核的内容。 如果读者不
熟悉并且感觉读起来费力，跳过这部分也没关系。

　　在这个图解系列图书中，笔者也有一套自己的编写策略，并且注意到了以下几点。

- 避免复杂的内容，统一使用简单易懂的图表。
- 为了能更近距离地了解实际情况，以半导体制造现场的视角出发进行讲解。
- 通过尽可能多地介绍历史背景，尽量使读者更容易理解当前的情况。

　　关于各个章节的构成，可以参考正文前的"本书的表示及使用方法"。 希望本书能帮
助到更多的人。

本书的内容是基于笔者在半导体行业工作多年积累的意见和建议。 笔者希望本书能为半导体行业的从业者提供有价值的参考。

佐藤淳一

本书的表示及使用方法

【表示方法】

① 例如，MOSFET 在旧书中经常被写成 MOS FET 或 MOS-FET（我以前也这么写），但现在行业学会和英文书中都将它写成 MOSFET，所以本书也这么表示。带 FET 的，比如 JFET 也这么写。MOS LSI 是这么写。

② 大于 150mm 的晶圆直径通常用单位毫米（mm）来表示，但在业界期刊和报纸上习惯用英寸来写，所以本书统一使用英寸以避免混淆。

【使用方法】

按照你觉得好理解的方法来读就可以，不过根据笔者编写的意图提供一点建议供你参考，即本书的每一个概念内容都由两部分构成。

① 第 1~3 章涵盖了功率半导体器件的内容，随着各章的展开进行了更深入的讨论。如果你感觉有点沉闷的话还请谅解。第 7 章中介绍了一个新的发展趋势。

② 第 4 章和第 10 章对应用进行了讨论。第 4 章的内容中包括了过去的成就，而第 10 章则更加面向未来。

③ 在功率半导体基底材料方面，第 6 章讨论了硅，第 8 章讨论了较新的材料。

④ 第 9 章讲述功率半导体的制造过程。

我们建议你按照书中各章的顺序来阅读，但实际情况因人而异。

至于其他的，虽然本书中已经尽量少用方程和原理图，但还是或多或少出现了一些。

如果你不想看的话就继续往下读也没关系。另外，笔者还在脚注中加入了对不太知名的术语的简要解释。

CONTENTS **目录**

第 3 章 CHAPTER.3　各种功率半导体的作用 / 34

第 4 章
CHAPTER.4
功率半导体的用途与市场 / 52

第 7 章 CHAPTER.7　硅功率半导体的发展 / 88

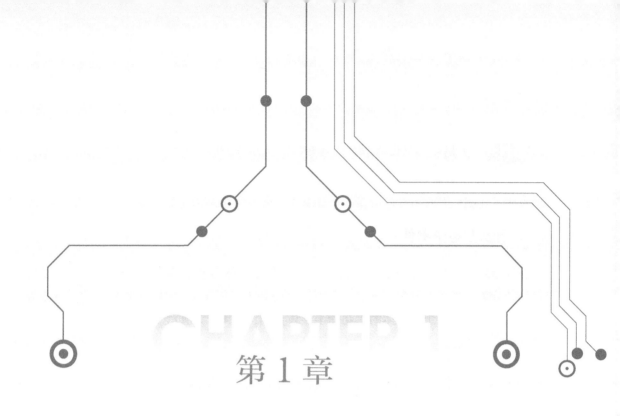

第 1 章

俯瞰功率半导体全貌

在本章中，我们将从广泛的视角关注功率半导体，概述功率半导体的地位和作用，以及它们与 LSI 的区别。

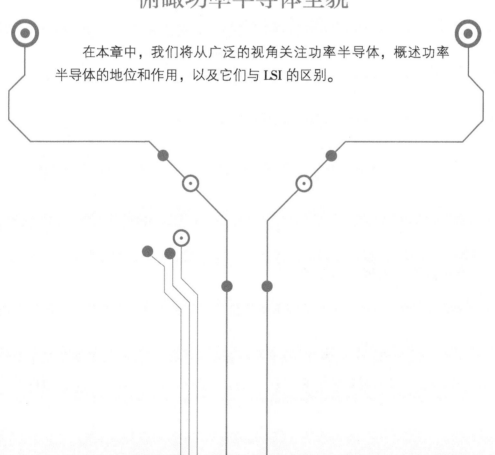

1-1 作为电子零件的半导体设备的定位

首先，让我们看看半导体设备在全球电子零件市场中的地位。

▶▶ 什么是电子零件？

在开始之前，我们先来了解什么是电子零件（也称为电子部件）。图 1-1-1 显示了电子零件的分类。由于电子学领域非常广泛，可能并不只限于此，图 1-1-1 显示的是其主要类别。功率半导体属于半导体的单功能半导体类别，如图 1-2 所示。

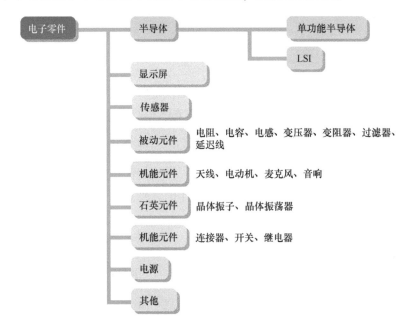

电子零件的类型举例（图 1-1-1）

▶▶ 可高速开关的半导体器件

接下来看一下构成这些电子元件的半导体器件。在此之前，将简要地解释什么是半导体。

图 1-1-2 根据半导体的导电能力，将其与金属和绝缘体进行对比，半导体最重要的特点是既可以是导体，也可以是非导体。另一个将在后面详细讨论的特点是，它可以通过电

流来控制。换句话说，它实际上既可以传导，也可以阻断电流。此外，由于半导体是以电流进行控制的，它们可以高速开关，这在功率半导体领域很重要，因为它可以实现机械开关无法实现的高速开关操作。

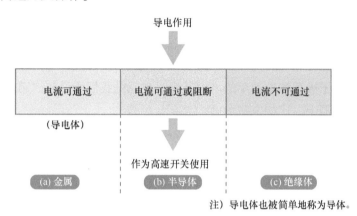

注）导电体也被简单地称为导体。

金属、绝缘体和半导体的特征（图 1-1-2）

这样一来，半导体器件就是有源元件$^{\ominus}$，通过电流作用来实现自己的功能。功率半导体的任务是转换功率。这将在以下章节中详细讨论。

1-2 半导体设备中的功率半导体

半导体设备市场受到市场条件的影响，但在全球范围内价值约为 40 万亿日元（约合 1.996 万亿人民币）（换算随着汇率趋势而波动）。在这里，我们看一下功率半导体在半导体设备中的定位。

▶▶ 导体设备和世界趋势

在笔者年轻的时候，半导体器件还处于起步阶段，当时集成电路刚刚出现，晶体管是半导体的主要类型。罐式两脚和塑模三脚晶体管被认为是我们熟悉的半导体。我曾经有机会与一位年轻女性交谈，她问我："你是做什么工作的？"我回答说："我在半导体领域工作。"她继续问："所以你对计算机之类的东西了解很多吧？"。虽然我的回答很模糊，但从这里也可以看出，或许是当时大家经常看计算机广告，导致半导体被广泛理解成了计算机部件。

$\ominus$　有源元件：电子元器件工作时，如果其内部有电源存在，则这种器件叫作有源元件。

笔者在这里主要想说的是，半导体的广泛应用有力地反映了技术趋势、先进产品和时代潮流。对笔者这代人来说，半导体＝晶体管收音机。或许对于另一代人来说，半导体＝视频游戏。今天，它可能又变成了平板计算机或智能手机。

▶▶ 功率半导体是幕后英雄

很难想象功率半导体能代表我们熟悉的任何一代产品。首先，它工作在并不显眼的地方。例如，它们被用于火车和电动车的电力转换，也就是我们所说的"幕后英雄"。最近，它们也出现在家用电器上，比如电磁炉中。

半导体可以在元件层面进行分类，如图1-2-1所示。其中，半导体设备属于有源元件（active element）。有源元件可用来转换供应电源、信号等。其中，蓝色部分是功率半导体。

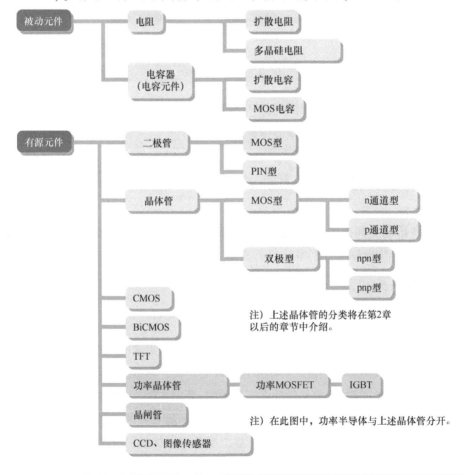

注）上述晶体管的分类将在第2章以后的章节中介绍。

注）在此图中，功率半导体与上述晶体管分开。

半导体元件的种类（图1-2-1）

功率半导体被认为占到了半导体市场的 10% 左右。

▸▸ 半导体中的功率半导体

图 1-2-2 显示了根据集成或单一功能的半导体器件的分类。在这种分类中，功率半导体属于分立半导体（单功能半导体）器件。这意味着它们被用于单一功能，而不是像 LSI⊖那样通过组合各种半导体器件来实现复杂功能或大容量存储。因此，可以说它是一个单功能的半导体器件。除了功率半导体，上述的 CCD 和图像传感器也是将图像信号转换成电信号的设备。

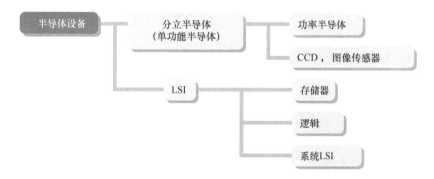

按集成或单一功能分类的半导体器件（图 1-2-2）

半导体器件五花八门，功率半导体在其中又如何定位呢？举例来说，先进的 MOS LSI 被用来处理信息，而功率半导体则是处理电。说到电，读者会想到什么呢？没有电，我们的生活就不可能正常。如果读者经历过因地震或降雪造成的长时间停电，就会知道电是多么重要。如今它就像空气和水一样支撑着我们的日常生活。如图 1-2-3 所示，功率半导体

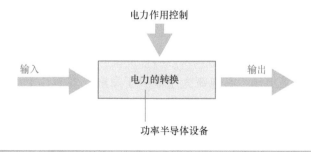

功率半导体的作用（图 1-2-3）

⊖ LSI：Large Scaled Integrated circuit 的缩写。大规模集成电路，是指半导体元件数量超过 1000 个的水平。

在这里被理解为"通过电来转换功率的设备"。

换句话说，功率半导体是用于转换功率的半导体器件。这种功率转换如何与上一节所述的快速开关动作相关，将在适当的时候进行描述。正如将在下一节讨论的那样，这里的功率=电力。

只看"电力转换"这个词，可能也很难联想出它的意思。功率是由电流和电压决定的，而电流有两种类型：交流电和直流电。换句话说，"电力转换"一词包括从大电流到小电流、从高电压到低电压、从交流到直流等广泛的转换。这些将在后面讨论。

同样重要的是，功率的转换是由电控制进行的。相比之下，采用机械制动且长时间使用后，不可避免地容易出现器件老化的现象。这就是使用功率半导体的优势。这一点也将在适当的时候讨论。

因此，LSI 等逻辑电路也可以被描述为信号转换。这一点在下一章也会讨论。

1-3 功率半导体的应用

在这里，我们将展示功率半导体在日常生活中的应用实例，并讨论半导体的工艺。下面的章节从不同的角度来审视这个过程的特点，以便从整体上把握这个过程。这将有助于我们理解各个知识点。

▶▶ 家中的例子

日本所有电力供应商的名称中都使用了"电力"一词。也因为这个叫法，我们倾向于将它与发电来源或流经输电线路的大量电力联系起来。但无论如何，功率=电压×电流，这是不分规模和功率大小的，试着在脑海中想象一下吧。

那么功率半导体在家庭中的地位如何？

以下是一些关于功率半导体如何在我们的日常生活中使用的例子。送到普通家庭的电是 100V[⊖]（伏特）的交流电压，其电流大小取决于家庭，多为几十 A（安培）。此时此刻想必有不少读者在荧光灯下阅读本书。荧光灯从家用电源插座（交流 100V）获得电力。荧光灯的原理是，荧光灯管的灯丝被加热，并在电极之间施加电压。电能被转换为光能，使得在黑暗中阅读书籍成为可能。

以前的荧光灯看起来总会觉得有些闪烁，这是因为其实荧光灯每秒闪烁了 100 到

⊖ 日本普通家庭的入户电压。

120 次。

随后，所谓的逆变器照明被投入实际使用，"闪烁"现象消除了。其原因是，家用100V 交流电在整流电路中一度被转换成直流电，而直流电进一步被逆变器电路转换成50kHz 的交流电进行放电。50kHz 也就是每秒 5 万次，人的眼睛感觉不到这样的闪烁。

可以看出，这里发生了两次功率转换。图 1-3-1 是交流→直流→交流的转换流程。能够轻易做到这种转换的原因，正是功率半导体在整流电路和变频器电路中起了作用。

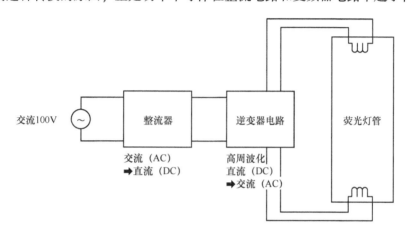

逆变器照明配置示意图（图 1-3-1）

我们可以这样理解，将商业电源的交流电转换为直流电的原因是为了得到所需的电压，并方便将其转换为不同频率的交流电。

▶▶ 什么是变频器控制？

让我们来看看下面的例子。说起空调，会听到变频控制这个术语。事实上，现在的大多数空调都是变频控制的。简单地说，空调驱动热泵的电动机的速度是由变频器控制的。该系统使用一个转换过程来节约能源。

电动机转速越高，温度变化越大，转速越低，温度变化越小。在变频器出现之前，控制是通过打开和关闭电动机来完成的。这种做法将导致电力损失，但通过变频器控制，即使不开关机也可以调节温度，从而节省了电力能源。

图 1-3-2 简要显示了这一过程。电动机开关调节用蓝色线条表示，而由变频器控制的深线则显示出比蓝色线条更平滑的温度调节。

这种变频器控制转换了提供给电动机交流电的频率和电压，并有效地控制了温度。

而正是功率半导体在进行这种控制。详细情况将在后面进行讲解。

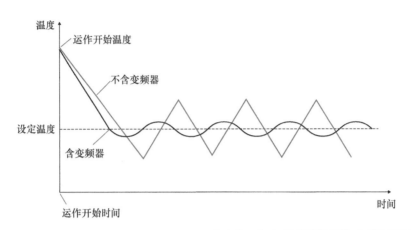

变频空调运行原理对比图（图1-3-2）

　　在空调房里的荧光灯下阅读这本书的读者朋友们，请记得这是功率半导体在默默奉献。以上介绍的两个例子，都说明了功率半导体在我们的日常生活中发挥着无形的作用。

　　其他离我们生活很近的例子，是计算机和其他电子设备的AC适配器。这仍然是一个整流器，对100V的交流商业电源进行整流，并将其转换为直流电。3-1中提到的二极管是用来整流的。适配器很重，因为它包含一个变压器，其线圈缠绕在铁心上，承载着降低电压的功能。

1-4　将功率半导体比作人

　　为了进一步搞清楚上一节所讲的内容，现在将功率半导体与其他半导体设备进行对比，看看它到底起着什么样的作用。

▶▶ 功率半导体扮演的角色

　　半导体设备应用于许多领域。然而，如上一节所述，由于它们是由电力驱动的设备，信息和其他数据被转换为电信号后输入到半导体设备中，在内部转换为其他形式的信息并输出。因此，半导体设备不是信息或能量的产生者，而是一种转换装置。

　　顺便说一下，可能有读者认为，功率半导体正如其名称所暗示的那样，是指能够发电的半导体。但这种理解其实是不正确的。如上所述，与其将POWER等同于力，不如将Power等同于电力。

　　功率半导体其实是控制和转换功率的半导体器件。

在入门书籍和讲座中经常将各种半导体设备与人体进行比较。例如，MPU[⊖]和存储器被比作大脑，因为它们处理信息和负责记忆；传感器被比作五官，如眼睛和耳朵；太阳能电池被比作消化器官，如胃和肠，因为它们产生能量（准确地说，它们只把太阳能转换成电能）。那么功率半导体呢？读者可能会觉得是不是四肢肌肉呢，但功率半导体并不移动，实际移动的是电动机、执行器，对于较小的电动机，则是 MEMS[⊖]。因此，由于这些设备是四肢的肌肉，而功率半导体则直接或间接地控制供应给四肢的电力，它们更像是血管或神经。图 1-4-1 画出了笔者对功率半导体的想象。

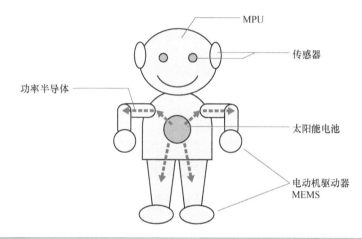

将人体与功率半导体联系起来（图 1-4-1）

▶▶ 什么是电力的转换？

如果说功率半导体的功能可以用一个词来概括，那么就是"电力转换"。电力转换究竟涉及什么？如图 1-4-2 所示。电能可分为交流电（AC：alternating current）和直流电

①从交流电（AC）转换为直流电（DC）：整流器(整流作用)
②直流到交流的转换：逆变器
③交流（AC）到交流（AC）的转换：
④直流（DC）到直流（DC）的转换：

功率半导体的四大作用（图 1-4-2）

⊖ MPU：它被称为微处理单元（Micro Processing Unit），在计算机中用于算术和数据处理，它包含于一个单独的芯片中。

⊖ MEMS：Micro Electro Mechanical System 的缩写。融合了电子和机械驱动装置。一个典型的例子是加速度计。

（DC：direct current），它们之间的相互转换就是电力的转换。

交流电转换为直流电要使用整流器（converter）。在棒球比赛中，将一名球员从外场转换到内场的说法与此同义。正向转换是指交流电向直流电的转换。所谓的整流操作是主要的。关于整流将在 3-1 节中详细讨论。

反之，将直流电转换为交流电称为逆变。做到这一点的被称为逆变器（inverter）。将来会经常遇到这个词，所以请记住它。此外还有在交流电之间转换频率和电压的，以及在直流电之间转换电压的。在直流电的情况下，不言而喻，不存在频率的变换。以上是根据电流的类型对转换进行分类。

另一方面，如果转换被划分为电流、频率或电压，则如图 1-4-3 所示。记住这些都是很有用的。③只适用于交流电。

①交流到直流和直流到交流的转换
②电压转换（特别是直流）：升压和降压
③频率转换（用于交流）

功率半导体的三个作用 （图 1-4-3）

在上一节中提到，功率半导体扮演着"幕后"的角色。例如，1-2 节中提到的火车和电力机车的动力交换就显示在这些图表中。具体细节将在 3-4 节中给出。那么它们是如何进行转换工作的呢？我们将在第 3 章后进行讨论。

顺便说一下，变频器这个词可以用于同一半导体领域的不同应用。一些变频器的工作方式与这里描述的不同。

1-5 晶体管结构的差异

首先看一下普通晶体管和功率半导体晶体管的基本区别，以 MOS 型为例，因为它更容易比较。

▶▶ 一般的 MOSFET

现在琳琅满目的硅半导体方面的入门书籍，一般都是以 MOSFET 为基础编写的。一个典型的 MOSFET 的原理如图 1-5-1 所示。晶体管的三个终端（电极）——源极、漏极和栅极——是在晶圆的同一侧形成的。LSI 中使用的 MOSFET 通过开启和关闭晶体管来转换信号，从而实现低电压操作的开关。如图 1-5-1 所示，这种结构是电流沿水平方向流动的类型（通过图中的通道）。为了增大电流，载波路径（通道）可以在图中的深度方向上加宽。

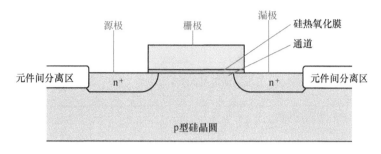

典型 MOSFET 的横截面示意图（图 1-5-1）

▶▶ 功率 MOSFET

相比之下，功率 MOSFET⊖的结构则完全不同。如图 1-5-2 所示，漏极电极是在晶圆的背面形成的，而在 LSI 中的 MOSFET 的情况下，信号电流被打开和关闭，电流大，所以要使用整个晶圆厚度。这是两者之间的主要区别。另外，电流在晶圆中的流动方式是不同的。FZ-晶体硅片在晶圆厚度方向上具有优异的杂质浓度均匀性。这也是功率半导体需要它们的原因。这将在第 6 章讨论。

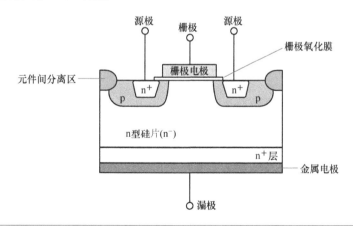

功率 MOSFET 的原理图（图 1-5-2）

⊖ 功率 MOSFET 与 MOSFET 同义，但该术语在本书中用于描述特定结构。

▶▶ 晶体管的区别

图 1-5-3 总结了到目前为止所讲的内容。简而言之，半导体设备中的晶体管具有相同的基本构件，但其具体结构完全不同。这种差异也体现在工作过程中，这将在第 9 章中进行讨论。

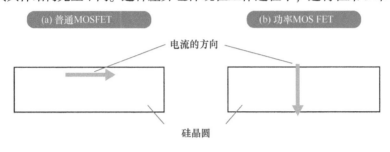

电流流动示意图（图 1-5-3）

▶▶ 俯视晶体管结构

在现有的关于硅半导体的入门书籍中，晶体管的结构基本如图 1-5-1 和图 1-5-2 所示。在这里，我们想从一个稍有不同的角度来观察它。

到目前为止，我们已经在晶圆的横截面上观察了两种晶体管结构，但现在将在平面上观察它们。如图 1-5-4 所示，在典型 MOSFET 中，正如多次提到的那样，栅极被夹在源极和漏极之间。相比之下，功率 MOSFET 则是源极围绕着栅极，电压被施加到栅极上，FET 被放置在栅极的中间。当 FET 被打开时，电流流向晶圆背面的漏极。而理所当然，用于高级逻辑应用的 MOSFET 比用于电源应用的 MOSFET 更精细。

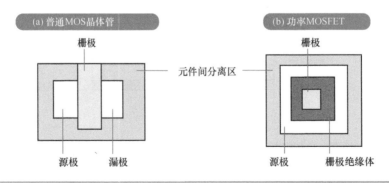

晶体管结构的差异（平面图）（图 1-5-4）

记住这些再往下读，就会更容易理解以下各章。

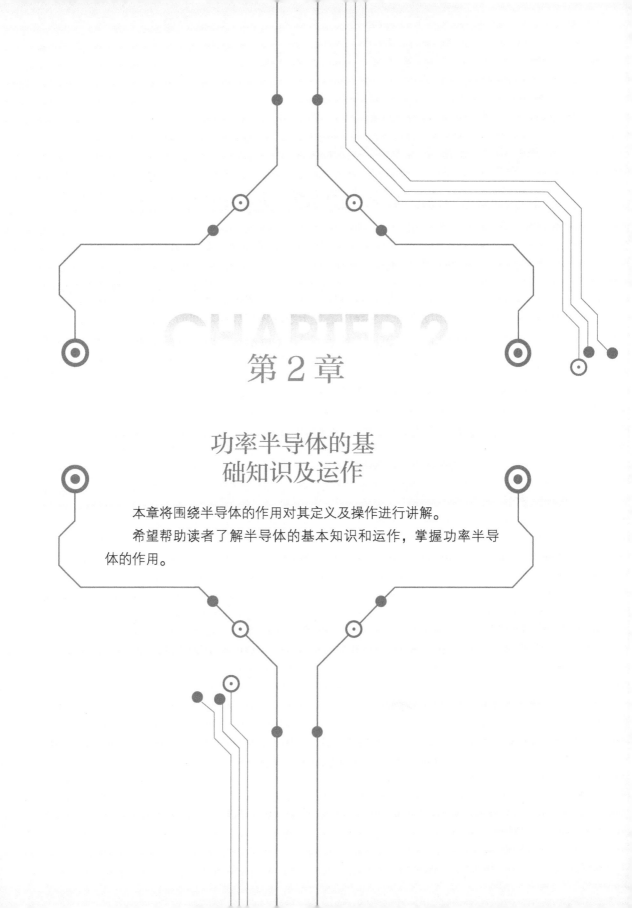

第 2 章

功率半导体的基
础知识及运作

本章将围绕半导体的作用对其定义及操作进行讲解。
希望帮助读者了解半导体的基本知识和运作，掌握功率半导
体的作用。

2-1 半导体的基础知识和运作

本节将讲解半导体的基础知识和它们的运作。下面要讲的半导体材料将以硅为前提进行讲解。

▶▶ 什么是半导体？

这里我们想尽可能用平实的语言来进行介绍。首先，什么是半导体？正如在 1-1 节简单提到的，从导电的角度来看，半导体是介于绝缘体和导体之间的实体。

具体来说，半导体的定义范围大约为图 2-1-1 所示。然而，从图中可以看出，它只显示了导体和绝缘体之间的广泛范围。换句话说，半导体表现出类似绝缘体的特性，但也有类似导体的特性。这意味着，半导体可以表现出一种开关动作，使电流流动和中断。

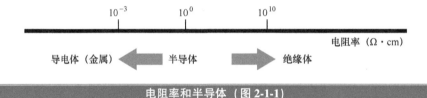

电阻率和半导体 （图 2-1-1）

电的流动意味着电子和空穴$^{\ominus}$的移动，它们是电流的载流子（称为载流子，在英语中被称为 carrier）。换句话说，这些载流子（我们在下面使用这一表达方式）存在于半导体中。

空穴这个词对一些人来说可能很陌生，它是电子逃出后的孔，由于电子带有负电荷，所以它们具有相反的正电荷。请注意，这里使用半导体一词是为了做一般性解释，但在本书中是指硅。此后，我们可能会使用不同的术语，但除非另有说明，而这里指的是硅半导体。

▶▶ 固体中载流子的移动

我们现在知道，载流子的运动形成电流，但以半导体为例，阻碍我们理解固态设备的原因，或许是不是我们难以想象载流子在固体中移动呢？

$\ominus$ 空穴（positive hole）。它被理解为一个电子被移除后的孔。它带有一个正电荷，因为原来的电子（负电荷）已经消失了。

在半导体出现之前的电子设备是以真空管为代表的电子管。真空管中的载流子（只有电子）不会受到干扰，因为它们是在真空中运动。如果你把它看成是一个物体在真空中移动，就比较容易理解了。

而固体中载流子的移动，没有什么好的参照物，我们就想象一个比较简单的模型吧。

电子是车道上的一辆汽车，而空穴是电子离开后的一个洞。堵车的时候，车都会向空位移动。

图 2-1-2 对此进行了扩展，电子是跑在高速公路上飞驰的汽车，而空穴则是堵车时的普通汽车。这样就可以解释电子和空穴的流动性（载流子的移动性）了。

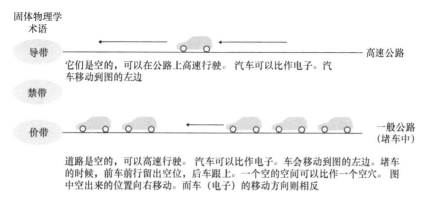

从固态物理学的角度来看，通畅的高速公路处于导带，而拥挤的普通道路则可以比作价带，它充满了电子。价带和导带之间的带隙（带隙或禁带）称为"带隙"或"禁带"。要进入高速公路自然要收费，那么电子也同样需要一个别的能量从价带进入导带

载流子移动概念图（图 2-1-2）

▶▶ **载流子置入**

一个硅单晶包含多少个载流子呢？这有点难以描述，但在热平衡状态下，硅是一个本征半导体，这意味着它有很少的载流子，并显示出很弱的导电性。因此，为了使其成为真正的半导体，有必要添加硅以外的原子，这些原子是携带电子的载流子。

关于这个过程和使用何种设备的书，本书中没有讲解，请参考同系列的《图解入门——半导体制造工艺基础精讲（原书第 4 版）》《图解入门——半导体制造设备基础与构造精讲（原书第 3 版）》。

通常提供电子的元素有第 V 主族的 P（磷），它比硅（第 Ⅳ 主族）有更多的电子，如图 2-1-3 所示。

I	II	III	IV	V	VI	VII	VIII
H							He
Li	Be	B	C	N	O	F	Ne
Na	Mg	Al	Si	P	S	Cl	Ar
K	Ca	Ga	Ge	As	Se	Br	Kr

p 型杂质   n 型杂质

n 型掺杂与 p 型掺杂（图 2-1-3）

空穴由元素提供，如 B（硼），这是一种第Ⅲ主族元素，其电子数比硅少。

前者被称为 n 型掺杂，后者被称为 p 型掺杂。有 n 型杂质的被称为 n 型半导体，有 p 型杂质的被称为 p 型半导体。

杂质（英文为 impurity）也被称为掺杂物。

2-2 关于 pn 结

pn 结对于半导体的工作原理至关重要。本章我们将以尽可能简短和简单的方式研究其作用。

▶▶ 为什么需要硅呢？

虽然讲述的顺序稍有颠倒，但我们先来搞清楚为什么需要硅。

晶体管是一种典型的半导体器件，最初使用锗（Ge）作为基底材料。然而，锗在功率半导体的抗压能力（能承受多少电压）上却有着致命的弱点。

因此，出现了开发单晶硅作为基底材料的热潮。第 6 章将详细讨论单晶硅。可以说，随着单晶硅制造方法的确立，功率半导体的时代才到来。

硅和锗的比较见图 2-2-1。

此外，接合型晶体管现在更容易用硅制造。在那之前，点接触型晶体管⊖是主流。这

⊖ 点接触型晶体管：其结构是锗晶体与作为发射极的金属箔和作为集电极的金属箔接触，起到了放大作用。

也是因为硅比锗有更好的耐热性。如上所述，"结"是富含负载波的部分和富含正载流子的部分的组合。它是一种连续的结合，不影响单晶的性质。

	Si	Ge
带隙（eV）	1.10	0.70
电子移动度（cm^2/V·sec）	1,350	3,800
正穴移动度（cm^2/V·sec）	400	1,800

硅和锗的比较（图 2-2-1）

▶▶ pn 结是什么？

如上节所述，晶体管使用具有两种极性的载流子，即电子和空穴。如图 2-2-2 所示，半导体的 n 型区中，电子是多数载流子（majority carrier），而在 p 型区中，空穴是多数载流子。pn 结则是在保证半导体单晶的结晶度基础上，连接两个区的部分。

因为上面的说法经常招致误解，这里我们补充一下，n 型区不只有电子，p 型区也不只有空穴。n 型区中也有空穴，p 型区中也有电子，它们作为少数载流子（minority carrier）而存在。

此外，如图 2-2-2 所示，n 型和 p 型区域的半导体并不是从两边连接的。实际上的形式如右图所示，在一个区域内有另一种类型的半导体。至于为什么是这种形式，主要是制造工艺的影响，采用了热扩散和离子注入的方法，这里不做过多解释。

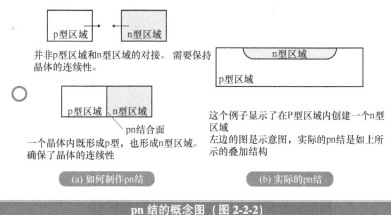

pn 结的概念图（图 2-2-2）

而这就是硅的优势，它的耐热性比锗好。

这个 pn 结表面称为结平面。图（b）中的结平面有深度，它是三维的，读者要有这个概念。

▶▶ 正向和反向偏压

这个结控制着载流子的流动，即电流的流动。读者要理解的是，当给结施加电压时，正向有利于电的流动，而反向则阻止电的流动。

正向（也叫作正向偏压）是指每个载流子的极性，如图 2-2-3 所示，电压的施加方向与电子相同（电子为负，空穴为正）。

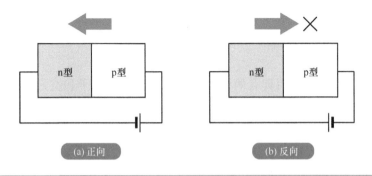

(a) 正向　　　　　　　　　　(b) 反向

正向和反向的比较（图 2-2-3）

当然，反向（也称为反向偏压）则相反。图 2-2-3 对此进行了描述。不言而喻，因为它是电流，从正极流向负极。需要注意的是，如果载流子是电子，则运动方向是不同的。

至于要探究为什么是这样，就有点难度了。我们在 3-1 节再进行详细讲解。

另外，能灵活利用 pn 结的正向和反向偏压的叫作双极晶体管，我们将在 2-4 节中进行讨论。

2-3　晶体管的基本知识及操作

本节回顾了晶体管的基础知识和它们的操作。下面将集中解释开关操作。

▶▶ 开关是什么？

终于要讲开关了，之前已经提到了很多次，那么它究竟是什么样的操作呢？

这意味着电流的流入和流出，换句话说是载流子的移动和阻断。这是一个运动和停止的快速交替循环。它在交替进行高速开启和关闭。

半导体被制造成电流可以流过或不可以流过的状态。

如图 2-3-1 所示，根据时间轴的推进，通电和断电的状态交互存在。

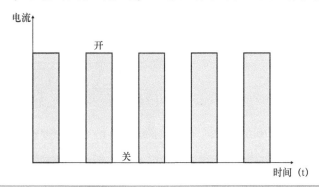

开关的概念（图 2-3-1）

正如在 2-1 节中已经提到的，掺杂可以提供半导体中必要的载流子浓度。既然载流子已经存在，剩下的就是推动它进行移动。目前有两种方法，分别通过电流或电压来实现。这将在 2-4 节进行阐述。

一方面，想要电流流动起来，得给它一个推力。也就是给它施加电压，如果一个导体上没有施加电压，就不会有电流流动。

因此，一个电压 V 被施加到两端，在这之间有一个进一步被电流或电压控制的终端。我们可以回顾一下整体的三端设备结构。其中一个是作为载流子的供给来源，另一个是载流子收集。

让我们再来回顾一下图 1-1-2 以及图 1-2-3。现在讲述的三端设备的概念，如图 2-3-2 所示。

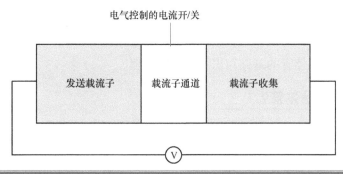

具有开关动作的设备示意图（图 2-3-2）

另外，如图 2-3-1 所示的脉冲电流，通过其他的电子回路后，转换为图 2-3-3 所示的交流电。

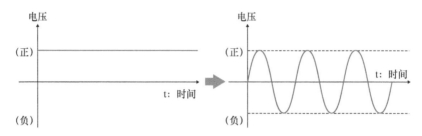

以上是直流电（DC）向交流电（AC）转换的一个例子，即一个逆变器

从直流到交流的变换（图 2-3-3）

在本书中，我们对此不进行讲解。对此感兴趣的读者，可以参考一下别的书籍。

▶▶ 晶体管是什么？

上面提到的三端设备，就是晶体管。英语意思是 Transfer of Energy through Resistor[⊖]。

晶体管是一种固态器件，至今已实际使用了 60 多年。当然，晶体管的作用并不限于开关，但在本书中，我们将集中讨论开关。

这些晶体管可以是双极晶体管或 MOSFET，前者在电流控制下开关，后者在电压控制下开关。

这些内容分别在 2-4 节和 2-5 节进行讲述。

以上是直流电（DC）向交流电（AC）转换的一个例子，即一个逆变器。

2-4 双极晶体管的基本知识和操作

本节讲解了双极晶体管的基础知识及其工作原理。

▶▶ 什么是双极晶体管？

在图 1-2-1 所示的晶体管中，双极晶体管放在本节讲解，MOSFET 放在下一节再讲。

在双极（bipolar）型中，bi（在英语中是"两个"的意思。在自行车 bicycle 中也有

⊖ Transfer of Energy through Resistor：描述晶体管放大作用的术语。

出现）和 polar（极性，在电子领域指正负）放在一起就成了双极（bipolar）。

这是因为在双极晶体管中携带电力的载流子既有正载流子（电子：electron），也有负载流子（空穴：positive hole）。这可能会阻碍我们理解双极晶体管的工作原理。

在本节中，将使用一个简单的模型来解释这一点。

▶▶ 双极晶体管的原理

下面我们将基于图 2-3-2 进行解释。对双极晶体管来说，包含三个元素：发射极、基极和集电极。这就是三端晶体管的电极。

Emitter 是"发射极"。

Collector 是"集电极"，原意是各种东西的收藏者。

Base 是"基极"，在双极晶体管的情况下，它被用作双极晶体管的基座。请记住，控制基极电流是为了操作晶体管。

概念图见图 2-4-1。

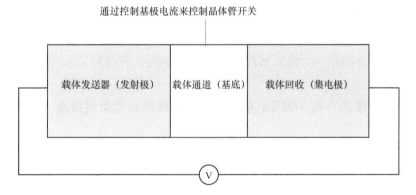

通过控制基极电流来控制晶体管开关

载体发送器（发射极）　载体通道（基底）　载体回收（集电极）

注：这是为了说明问题而绘制的示意图，其大小和位置关系与实际不同。
以下的图也是这样。

电流控制型开关的概念图（图 2-4-1）

▶▶ 双极晶体管的连接

如图 2-4-2 所示，我们来分析一个通过 pnp 结（见图 1-2-1 的分类）连接形成的双极晶体管。这里是两个背对背连接的 pn 结。它的结构可以这样理解，从左到右分别是：发射极、基极和集电极。

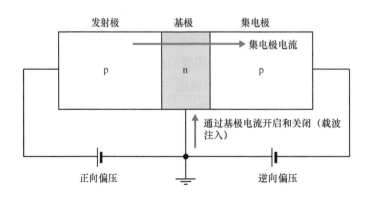

注）在上面的例子中，晶体管是通过注入正穴的基极电流打开晶体管，它表明集电极电流已经流过。

双极晶体管的工作原理图（图 2-4-2）

请注意，集电极在结构上被设计为具有比发射极更低的杂质浓度（在这种情况下为 n 型）。

顺便说一下，只是作为一个结，并不能作为一个设备进行使用，所以需要提供一个终端，将其作为电源并制作一个电流回路。在这里制作两个背对背的 pn 结的难点在于如何对其进行偏压设置。

另外还有各种接地方式，如发射极接地、基座接地和集电极接地。这里讲的是基座接地。

另一个挑战是如何处理这些 PN 结的偏置问题。通常情况下，发射极到基极是正向偏压，集电极到基极是反向偏压。如果不熟悉这些术语，正如 2-2 节中提到的，正向偏压是指载流子容易移动的偏压，而反向偏压则相反，是指载流子不太容易移动的偏压。换句话说，可以把它看成是一种电气连接的方式。

如何进行开关的操作是本节的关键，从发射极来看，载流子（在这种情况下是电子）到达基座是正向偏压。

如果载流子顺利通过短基区，它就会从发射极到达集电极。然而在现实中，另一种类型的载流子（在这里指空穴）与其重新结合，阻止它们到达集电极。

如果电子作为基极电流从基极注入，晶体管就会导通。如果没有电子从基极注入，晶体管将关闭。

这样，通过基极电流形式的电流控制来实现快速开/关。以下是对该过程的简要概述。虽然有点乏味，但希望读者能理解。

以上只是一个例子，双极晶体管有许多不同的接地方式。

2-5　MOS 型二极管的基础知识和操作

这里讲解了 MOSFET 的基础知识和它们的操作。同样在这里将主要解释开关操作。

▶▶ MOS 型是什么？

在解释 MOS 类型如何工作之前，先来弄明白 MOS 代表什么。

它代表金属氧化硅，是 Metal Oxide Silicon 的缩写。其首字母为 Metal，代表金属，即栅极；Oxide 代表硅热氧化膜，即栅极氧化膜；Silicon 代表硅，即载流子通路。换句话说，这就是 MOS 的名字来源。

在 MOS 类型中，只有电子或空穴被用作载流子，所以与双极相对应，它被称为单极型，也叫作单极，但在实践中很少使用。另外通过施加电压来操作的晶体管，被称为场效应晶体管（Field Effect Transistor，简称 FET）稍后将讨论 FET。

这里可以理解为是通过控制电压来开启和关闭的晶体管。图 2-5-1 显示了这个概念。

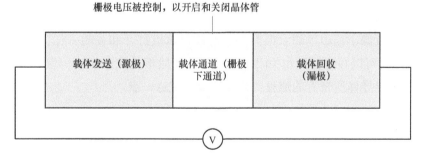

注：这是为了说明问题而绘制的示意图，其大小和位置关系与实际不同。
以下的图也是这样。

电压制动开关的概念（图 2-5-1）

▶▶ 半导体设备各部分的功能

接下来将讨论 MOSFET 的实际操作。MOSFET 经常被比喻成水闸。一些读者可能已经在其他介绍性文章中读到过。MOSFET 各个部分的命名或许也是参考了水闸的部分概念。

如图 2-5-2 所示，MOSFET 包含这几个部分，源极（Source）、漏极（Drain）、栅极

（Gate）。实际的源极载流子由栅极电压控制，并被输送到漏极。这就是 MOSFET 的开启方式。

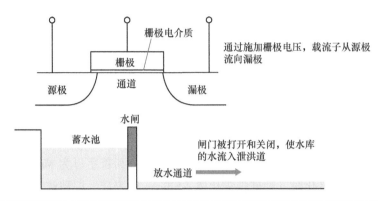

MOSFET 的概念图（图 2-5-2）

整个流程与水流入田地的过程类似。通过打开水闸，让源头的水流入泄洪道（在泄洪道尽头，可以假设有一片田地）。

现在，开闸放水的过程就像一个功率半导体，它从一个非常大的水库流入一个大型灌溉渠。

在这种情况下，水的量就是电力的量。在功率半导体的情况下，一个大的水闸是必需的。另一方面，就像小稻田里的水渠需要用石头或木板打开和关闭一样，使用高速 MOS-FET，这个闸门也可以高速打开和关闭。这个比喻虽然不是完全正确，但它能帮助我们理解第 9 章中功率半导体所特有的流程，所以也请牢记这一点。

▶▶ MOS 型二极管的作用和开/关操作

在 2-4 节所述的双极晶体管的情况下，通过从基座电流载入载流子从而进行开关操作。然而，在 MOS 类型的情况下，中间的栅极结构是开/关操作的关键。

如前所述，MOS 结构由一个金属栅极、一个硅栅氧化膜组成。该结构由硅热氧化膜和硅组成，而硅是载流子通路。换句话说，它是一个由金属、绝缘体、半导体组成的 MOS 二极管。

加在金属上的电压通过绝缘膜（电容膜）改变了半导体的电容。这个电容被改变，在栅极下面形成一个通道，指的是通过在晶体管中形成一个称为反转层（channel）的载流子通道，将其作为一个晶体管来使用，进行开关操作。

图 2-5-3 是上述操作原理的简单图示。

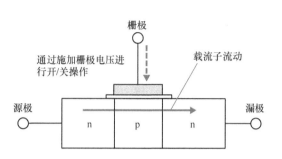

栅极

通过施加栅极电压进
行开/关操作

载流子流动

源极   n   p   n   漏极

MOSFET 的动作原理（图 2-5-3）

这个例子被称为 n 通道 MOSFET（简称 n–MOS）。n 通道由夹在 n 型区域的源极和漏极之间的 p 型区域（通道）组成。下面是一些最常见的设备类型。与之相反的是 p 通道 MOSFET（简称 p-MOS）。在 2-9 节中，将看到这两个晶体管成功组合的例子。

2-6 回顾半导体的历史

现在大家对什么是功率半导体应该有了一个基本的认识，是时候来介绍一下它的历史了。就把本节当成一个小插曲吧。

▶▶ 半导体的起源

肖克利等人在 1947 年发明了晶体管。虽然这里不能对此进行详细介绍，但我们可以了解到当时使用的是锗单晶的点接触型晶体管[⊖]。正如将在 6-1 节中讨论的那样，由于硅后来被用作半导体器件材料，促进了半导体行业的发展。而半导体行业一直是电子器件行业发展的主要力量。术语"功率电子"是用来描述使用半导体进行电力控制的。据说这个词在 1973 年开始使用，被定义为一种处理电子的设备。在笔者还是学生的时候，叫作弱电。与此相反，处理电力的领域被称为强电。

目前还不清楚"功率半导体"一词是何时提出的。然而，众所周知，在这之前"半导体"和"晶体管"被用来涵盖整个半导体器件的范围。自从笔者从事这一领域的工作以来，阅读过的书中也一直是这么写的。记得自 20 世纪 60 年代以来，功率 MOSFET 这一术语一直在使用。据笔者猜测，英特尔在 1971 年推出了 1kbit 的 DRAM 之后，LSI 一词开

⊖ 点接触型晶体管：其结构是锗晶体与金属箔接触，作为发射极，而金属箔作为集电极，以显示其放大作用。

始被使用，而半导体设备也根据各种实体衍生出了不同的叫法。

LSI 也就是大规模集成电路，Large-Scaled Integration 的缩写。

在这之前，一直使用的是 IC 一词，它代表集成电路，是 Integrated Circuit 的缩写。虽然在笔者的印象里，现在集成电路这一术语本身已不太被使用。但直到 20 世纪 80 年代初，它还频繁地出现。集成电路是将晶体管和二极管等有源元件，以及无源元件，如电阻和电容元件集成在硅片上。

此后，功率半导体被开发出来，如 IGBT，将在 2-7 节中讨论，目前正在改进。图 2-6-1 概述了半导体设备的历史趋势。

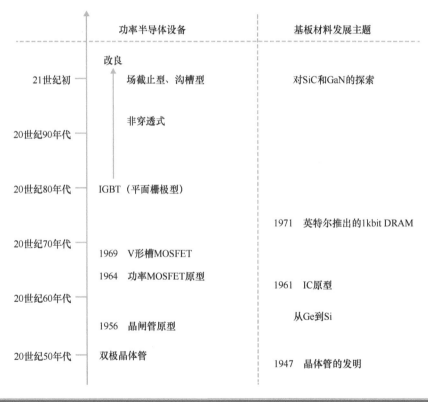

半导体设备的历史（图 2-6-1）

这里出现的术语现在不做讨论，将在下一章跟进。希望读者能重温这张图。

▶▶ 功率半导体早期扮演的角色

如前一章所述，功率半导体的作用是转换电力。在被称为能源社会的 21 世纪，这一点变得尤为重要。前面已经提到，有两种类型的电：直流电（DC：Direct Current）和交流电[⊖]（AC：Alternating Current）。一般来说，输送电能的时候使用的是交流电，因为这样，送电的效率会更好。而使用直流电，会由于传输过程中的电阻而有相当大的损失。因此，我们需要一种能从交流电转变为直流电，或者相反（即直流电变为交流电）的构造。

▶▶ 从汞整流器到硅整流器

将交流电转换为直流电的过程称为整流。在功率半导体出现之前，汞整流器负责整流作用。然而，由于汞整流器是根据真空中汞的放电现象来进行电力转换，有很多局限性和运行可靠性问题。解决这个问题的是晶闸管。晶闸管是由 GE[⊖]公司在 1956 年发明的。它曾以 SCR（可控硅整流器，Silicon Controlled Rectifier）为名进行售卖，但在 1963 年改名为晶闸管。晶闸管的操作、原理等将在 3-3 节中讨论。

从那时起，随着硅单晶的日益纯化，更高的电压、更大的电流和更好的特性已经实现，功率半导体也在半导体行业中占据了一个独特的位置。在日渐广泛的应用范围中，更高的电压需要更高质量的硅单晶，而更高的电流则需要更大的晶圆直径。

我们将在第 6 章中讨论这一点。从这一点上看，随着功率半导体时代的到来，对其性能也有了更高的要求。这些将在第 3 章和第 7 章中讨论。

另外，虽然汞整流器已经在 20 世纪 60 年代末退出市场，但在此之前，它在地铁等方面都有应用。

▶▶ 从硅到下一代材料

另一方面，基底材料发展如何呢？目前，功率半导体的基底材料如上所述，硅是主流。然而，最近出现了"去硅化"或"超硅化"等说法。第 8 章中讨论的 SiC 和 GaN 的时代已经到来。尽管"去硅化"和"超硅化"等概念还并不成熟，但在先进的 MOS LSI 中也有"超越摩尔定律"或者"范式转变"等概念被提出。这时候最重要的是要对未来市场的发展有一个正确的看法。我们将在第 8 章研究这个问题。

2-7 功率 MOSFET 的出现

MOSFET 是功率半导体界传下来的名称，FET 是 Field Effect Transistor 的缩写，译为场

⊖ 交流：我们今天所知的交流发电机是由尼古拉·特斯拉在 19 世纪发明的。

⊖ GE：美国通用电气制造商，成立于 1876 年。爱迪生的电灯公司是其前身之一。

效应晶体管。

▶▶ 应对高速开关的需求

第一批双极晶体管出现在 20 世纪 50 年代（见图 2-6-1），并被用于各种应用。虽然功率半导体有一段时间的全盛时期，但也面临着挑战。其需要更高的开关速度。而这正是双极晶体管的限制所在。正如 2-4 节中提到的，双极晶体管由两种载流子驱动，并且是电流控制的，所以开关速度较慢。详见第 3 章。

出于这个原因，开始引入了被称为场效应晶体管的功率 MOSFET。

▶▶ MOSFET 是什么？

场效应晶体管有很长的历史，1930 年由莱比锡大学（德国）的 Julius Lilienfeld 发明，并申请了一项专利。在这之后因发明晶体管而闻名的肖克利，在 1949 年使用了锗开发出了 FET 的原型。当前功率 MOSFET 的实际概念的建立，则是基于 1964 年由 Zuleeg 和 Tesgner 独立出版的内容。因此，FET 一词已经存在了很长时间。

然而，笔者也不知道为什么只有在功率半导体领域保留 MOSFET 这个名字。当时还出现了结型的 JFET（J 代表英文的结，junction），之所以保留这个名字，也许是因为场效应晶体管同时具有结和 MOS 类型。JFET 现在很少使用，本书中不做讨论。

▶▶ 双极晶体管和 MOSFET 的比较

MOSFET 与双极晶体管相比，可以简述如下，见图 2-7-1。这是一张大概的略图，只对两者进行了简单的比较，并不准确。如 2-4 节中所讲的那样，在双极晶体管中，有发射极、基极和集电极三个端子。电流流过基极，控制两个 PN 结的载流子的流动，以驱动电流。集电极电流由基极电流开启和关闭。这就是为什么说双极晶体管是电流控制的器件。

另一方面，在 MOSFET 的情况下，有源极、栅极和漏极三个端子，通过在栅极上施加电压，两个 n 型区域之间器件的 p 型区域被"倒置"（即 p 型暂时变成 n 型），为载流子的流动创造了一个路径（被称为通道），电流被传导。电流开/关栅极是通过施加在栅极上的电压来开启和关闭的。

总结一下，双极晶体管是"电流控制"的器件，而 MOSFET 则是"电压控制"的设备。其原因是，双极晶体管的电流是通过基极流通电流控制开关，而功率 MOSFET 则通过栅极电压（又称为"阈值电压"）来控制开关，没有电流流过栅极。因此，驱动功率相对较低，这也是其优点。

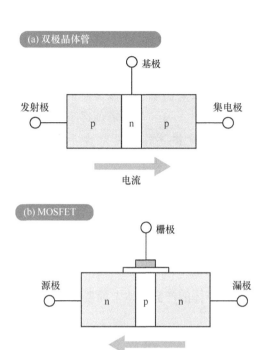

双极晶体管和 MOSFET 的比较 (图 2-7-1)

请注意，在图 2-7-1 中，双极晶体管和 MOSFET 中 n 型区域和 p 型区域的配置不同，前者是一个 pnp 型双极晶体管，而后者是一个 n 通道功率 MOSFET。下一章将再次讨论这个问题。

单面及双面

上面我们讲解了电流如何流过整个晶圆，以及功率半导体和 MOS LSI 之间的差异。一个直径为 300mm 的晶圆（有时因其英寸直径而被称为 12 英寸晶圆）其厚度也只有 775μm，不到 1mm。年轻一代可能并不了解，但它让笔者想起了模拟的 LP 唱片。请允许笔者在此回忆一下。

笔者还在上班那会儿，因为半导体研究要花不少钱，所以在公司的研究开发报告会上（每个公司估计都有这种会），也发表了几次半导体的研究"成果"。毕竟，与其他部门相比，我们所花的钱用现在的话说就是"超多"。

虽然也不记得是什么时候了，但

还记得有一次，说起来半导体晶圆只有单面可以做成电子设备，公司最高级别的 CEO 还问我"为什么不两面都用呢？"。

可能因为他是个著名的音乐家，工作间隙还负责指挥管弦乐队，对音乐的造诣很深，所以才会联想到晶圆

为什么不能像唱片一样，两面都用。

因为当时笔者只负责发表，也不能回答问题，所以之后怎样发展的也不记得了。

如果笔者能被允许回答这个问题，想要说的是"老板，CD 也只有一面哟。"

2-8 双极和 MOS 的融合

IGBT 是目前常用于功率半导体的产品，本节简要讲解了 IGBT 的出现，并对其特点进行了简单的讨论。

▶▶ IGBT 出现之前

之前我们讲了双极晶体管、功率 MOSFET 和功率半导体。然而，MOSFET 也有其问题：即使它们可以高速开关，但由于 MOSFET 的结构，其耐受电压很低。然而，功率半导体的应用范围不受限制，对相对高电压范围内的快速开关的需求越来越大。这在某种程度上，其实是一个二律背反的命题。这是一项无法通过改进双极晶体管和功率 MOSFET 来完成的任务。这时候，IGBT 出现了。

▶▶ IGBT 的特征

IGBT 是 Insulated Gate Bipolar Transistor，指绝缘栅双极晶体管。这与前面讲过的双极晶体管和 MOSFET 是不是有点像。简而言之，IGBT 是一个带有 n 通道增强型 MOSFET 的 pnp 双极晶体管，尽管有些人可能不知道 n 通道增强型晶体管是什么。这在 3-4 节中有解释。图 2-8-1 是 IGBT 结构的模型图。这张图画得比较粗糙，是为了让人们了解 MOSFET 和双极晶体管的"两全其美"，并不是十分准确。详细的结构将在 3-5 节中解释。简单地说，图中的 MOSFET 结构是用来开启和关闭设备的，电流垂直流动，这样就可以占用大量的电流。这里的垂直流动意味着电流沿着硅片厚度的方向流动。

当从晶圆一侧看时，开关是在晶圆的横向方向上进行的，而电流流动是在晶圆的垂直方向上。

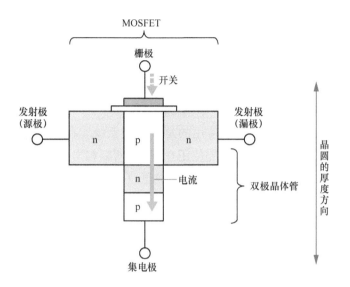

IGBT 的模型图（图 2-8-1）

正如我们之前所说的，IGBT 是双极晶体管和 MOSFET 的良好组合。它的快速开关性能来自 MOFSFET，而电流电压耐受性则来自双极部分。在 LSI 中也有一种叫作 BiCMOS 的器件，它结合了双极性和 MOS 的优点。不如我们就把 IGBT 理解成功率半导体领域的 BiCMOS。

IGBT 出现于 20 世纪 80 年代，因为它有着高速、驱动力大的特点，在此后需求不断增长。二极管和平滑转换器将交流电转换为直流电后，再将直流电转换为交流电时，IGBT 被用于转换器中的高速开关。正如我们将要在第 4 章中讨论的，丰田的 HV 混动车和 N700 系列新干线都用到了 IGBT。

本书在 3-5 节介绍了 IGBT 的原理和操作，之后将在第 7 章介绍 IGBT 的发展。

2-9 与信号转换的比较

本节将讲解使用 MOSFET 的逻辑 LSI 中信号的转换。虽然与功率半导体没有直接关系，但这是为了让我们更深层次地理解半导体。

▶▶ 什么是信号的转换？

我们讲过功率半导体是"转换电力"的装置。那么作为 MOS LSI 代表的逻辑 LSI 又是一种什么样的设备呢？

本节将介绍反相器，它是构成逻辑 LSI 的基本门之一。基本门也就是指那些转换信号的门。就像功率半导体中也有反相器一词，它将交流电转换为直流电或将直流电转换为交流电。没错，在半导体领域也是这样，同样的术语在不同的领域中意思不同。

这里，我们就用笔者的话来介绍一下信号的转换。

在使用电子电路的逻辑电路中，使用的是二进制系统。在十进制系统中，数字是 0、1、2、3 …9，但在二进制系统中，只能使用 0 和 1，所以相当于 0, 1, 10, 11……

在电子电路中，只有相对较高（high）和较低（low）的电压状态。我们可以理解它必然用二进制来表达。

在半导体数字技术中，电压的高状态表示为 1，低状态表示为 0。当用这个构建逻辑电路时，就需要将 1 转换为 0，或者从 0 转换到 1。在数字技术领域，这个动作被称为"反相"。

请看图 2-9-1。这显示了基本的反相器（a）和它的符号（b），真值表在图中供参考。

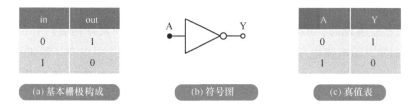

（a）基本栅极构成　　　　　（b）符号图　　　　　（c）真值表

注）符号图和真值表仅作为参考。
需要理解的是逻辑电路中的反相器将 in 的信息反转后变为 out。

CMOS 反相器的基础知识与符号　（图 2-9-1）

下一节我们将看到如何使用 MOSFET 来构建这个"反相器"。

▶▶ CMOS 反相器的操作

这里来讲一下 CMOS 反相器这个典型反相器的操作。

首先说说什么是 CMOS，它代表了 Complementary MOS 的缩写，有时被翻译为互补性 MOS。从图 2-9-2 的左侧可以看出，CMOS 是指 n-MOSFET 和 p-MOSFET，相同之处是它们在结构上都有栅极和漏极，栅极是输入，漏极是输出。

p-MOS 的源极与电源线（Vdd）相连，n-MOS 的源极接地。在这种情况下，电源线是高电平，即"1"，而地线是低电平，即"0"。这种 n-MOSFET（以下简称 n-MOS）和 p-MOS 晶体管（以下简称 p-MOS），其各自的栅极和漏极是共同的。当输入为 1（较高的电压）时，只有 n-MOS 被打开，p-MOS 保持关闭。

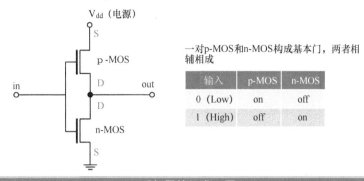

一对p-MOS和n-MOS构成基本门，两者相辅相成

输入	p-MOS	n-MOS
0 （Low）	on	off
1 （High）	off	on

CMOS 反相器的组成（图 2-9-2）

因此，图中接地所代表的电压（低电压，0）被输出。反之，当 0 （较低的电压）被施加到 p-MOS 上时，只有 p-MOS 被打开，n-MOS 被关闭。因此，图中 Vdd 所代表的电压（高电压，1）被输出。

这意味着进行了一次转换，如图中的表格所述，将输入与输出的信号进行了反转。这就是 CMOS 反相器的工作方式。

由于篇幅的原因，在此我们不做详细介绍，对此有兴趣的读者可以参考一下这方面的入门书籍。

以上我们就简要介绍了使用 CMOS 反相器的"信号转换"。

本书也以介绍功率半导体和 LSI 之间的区别为契机，希望读者能对功率半导体有更深入的了解。

关于处理方面的差异，我们将在第 9 章进行讲解。

请注意，为了使本书更好理解，我们并不讨论个别情况下载流子是电子还是空穴。

比如前面提到的 n-MOS 和 p-MOS 的载流子分别是电子和空穴。

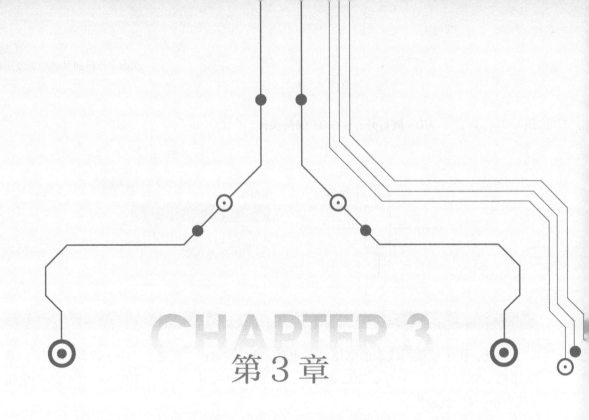

第3章

各种功率半导体的作用

本章将对各种功率半导体的原理及操作进行说明，并介绍其作用。

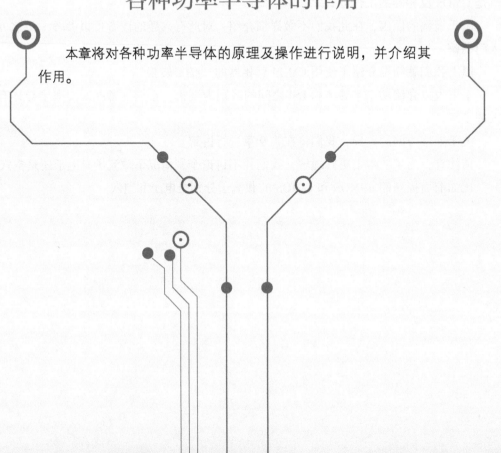

3-1 单向导通的二极管

首先是二极管，虽然现在最有名的是发光二极管，但不要把它们搞混了。在功率半导体中，它们被用于整流。

▶▶ 二极管与整流作用

最初，二极管一词用来指具有两个电极的二极管，即双终端（电极）设备。它的主要功能是整流。这是 1-4 节中列出的功率半导体在电力转换中的功能之一，被称为转换器。这里重申一下，整流是非常简单的，就是将电流调整为某个方向。如 1-4 节所述，从交流到直流以及从直流到交流的转换十分重要。许多熟悉的家用电器也是通过将 100V 交流电转换为直流电，供一般家庭使用。这时，如图 3-1-1 所示，交流电必须首先通过整流转换为单向的波纹电流（也叫作脉动电流）。执行这个操作的就是二极管。

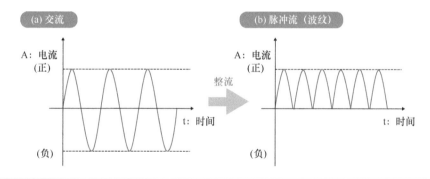

交流的整流化 （图 3-1-1）

▶▶ 二极管的实际整流作用

在实践中，这是由一个平滑电容器来平衡波纹电流到直流。和功率半导体的原理不同，因此省略。

二极管的实际整流作用如图 3-1-2 所示。这是对单相交流电的整流，使用了 4 个二极管。二极管的电路符号如图所示。4 个二极管排列在图 3-1-2 的左侧。它被 4 个机械开关所取代，如图 3-1-2 的右侧所示。当电流为正时，电流路径如图 3-1-3（a）所示，反之对于负电流，结果如图 3-1-3（b）所示。

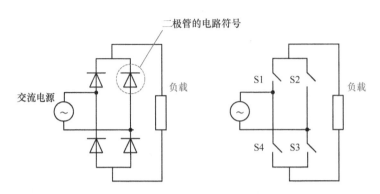

用二极管对两相交流进行整流（图 3-1-2）

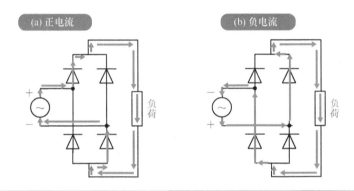

通过二极管将交流转换为直流（图 3-1-3）

二极管只允许电流沿一个方向流动。因此，对于正电流的交流电来说，其流动情况如图 3-1-3（a）所示。反之，当交流电为负值时，如图 3-1-3（b）所示。在 4 个二极管中，正负电流将以"交叉"的方式流经不同的二极管组合。另一方面，最重要的是，电路中流向负载的电流方向不变，正因为如此，我们才可以对交流电进行整流。

这意味着，对于图 3-1-2 右侧所示的机械开关，在正向电流下，S1 和 S3 是打开的，S2 和 S4 是关闭。对于负电流，情况正好相反，这就是所谓的从交流到直流的转化（转换器）。如果要用机械开关来完成这个任务，制作驱动和能够自主控制的系统是一个挑战。而对作为半导体设备的二极管来说，对电流的方向实现自主控制，以及高速开关都是可行的。

另外，可以把二极管比作"止回阀"，我们可以试着这样想想，以加深理解。

▶▶ 整流作用的原理

pn 结在整流作用中扮演着一个很重要的角色。我们在这里说明一下。图 3-1-4 再次显示了在图 2-2-3 中被施加电压时的 pn 结。

在本书中，我们尽量不使用用于描述硅的固态特性的能带图，而是用如下示意图的形式来进行说明。pn 结之间形成的斜率随着电压施加的方向而变化。在正方向上，电压 0（虚线）的斜率相对较缓，使得载流子更容易移动，从而产生电流。然而，在相反的方向上，坡度更明显，所以载流子更难移动，也更难产生电流。

在正方向上，电流的方向是 p 型到 n 型。电子的运动，即载流子的运动，方向是相反的，由 n 型到 p 型移动。由于载流子是带负电的电子，所以载流子运动的方向和电流的方向相反。虽然有点复杂，但这么理解就好。

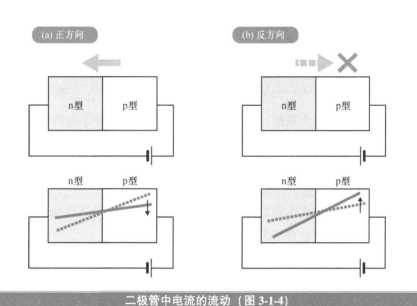

二极管中电流的流动（图 3-1-4）

3-2 大电流双极晶体管

双极晶体管是三端设备，比二极管多一个端子（电极）。它们的主要作用是大电流开关。

▶▶ 双极晶体管是什么？

在这里我们来更详细地介绍一下双极晶体管的原理和基本特性。如 2-4 节和 2-5 节所述，相对于 MOSFET 由电压驱动，双极晶体管是电流驱动的器件，不管是 npn 型还是 pnp

型，它们的特点都是有两个结平面。图 3-2-1 中再次显示了一个 pnp 型双极晶体管的原理图和电路符号。

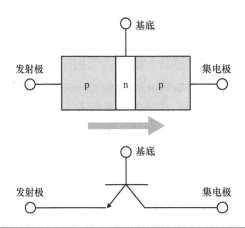

基底

发射极   集电极

p   n   p

基底

发射极   集电极

双极晶体管的原理图和电路符号图（图 3-2-1）

双极晶体管之所以被称为双极，是因为它们的工作涉及两种不同极性的载流子——电子和空穴。相比之下，只有大量载流子参与操作的晶体管，如 MOSFET，有时被称为"单极晶体管"，但通常不被使用。通过双极晶体管，我们可以更好地理解多数载流子（majority carrier）和少数载流子（minority carrier）的动作。

双极晶体管有时也被称为多结器件。这是因为双极晶体管无论是 npn 还是 pnp 型，都有两个接面，如上所述。这会在 5-3 节中进行讨论。

▶▶ 为什么需要高速开关

在 3-1 节中我们学习了将交流电转换为直流电，对功率半导体下一个要求是将直流电转换为交流电，也就是所谓的变频器。第 4 章介绍了变频器的使用场合。使用时需要有高速开关，这时需要将直流电转换为交流电。如图 3-2-2 所示，直流电流被"分解成小块"，变成了伪交流电。为了实现这种电流切分，我们需要一个高速开关的动作。在实际应用中，还会插入一个 LC 电路，将波形调整为交流。这与功率半导体的运作是分开的，因此这里省略。

为了实现高速开关功能，需要晶体管。上一节中的二极管是通过在外部转换电流方向（交流）来充当开关，但现在是转换直流，情况大不相同。本节以后所述的功率半导体都是执行这种开关动作的例子。在最后会引出 IGBT 的内容，请仔细阅读。

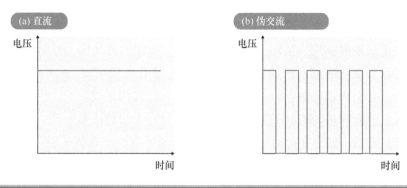

直流到交流的转换示意图（图 3-2-2）

▶▶ 双极晶体管原理

在本节中，我们将从 2-4 节的内容出发，更深层次地探讨双极晶体管的原理。在双极晶体管中，有三个电极：发射极、基极和集电极。这使得它成为一个三终端设备。在双极晶体管的情况下，通过控制基极电流来操作晶体管，这一点我们需要牢记。

现在来想象一个 pnp 结双极晶体管，如图 3-2-3 所示。可以将它理解为两个背对背连接的 pn 结二极管。从左到右，它们分别是发射极、基极和集电极。请注意，集电极的杂质浓度比发射极低。

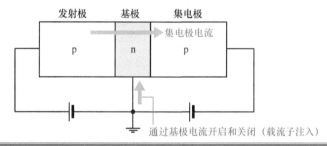

基极接地的双极晶体管（图 3-2-3）

顺便说一下，仅仅制造一个结并不能使它作为一个设备工作，所以需要设置终端，创造一个能够流通电流的回路。问题是如何对这两个 pn 结二极管进行偏置。为此，有多种接地方式[⊖]，包括双极晶体管的发射极、基极和集电极接地，这里我们来说一下基极接地。正如 2-4 节中提到的，我们需要解决的是如何对这些 pn 结进行偏压。偏压是指在哪个方向施加电压。通常情况下，发射极到基极是正向偏压，集电极到基极是反向偏压。如图 3-2-3 所示。

⊖ 接地方式：接地电位。

接下来要讲的是本节的关键：双极晶体管如何开关。由于发射极和基极之间施加了正向偏压，载流子从发射极到达基区，如果它们通过这段短短的基区，那么载流子就能从发射极到达集电极。换句话说，正如图中所示，集电极有电流（on-current）经过。但是，在实际情况中，它们和基区中别的载流子（有电子和空穴两种载流子，此处因为空穴作为载流子被导入，就会和基区的电子再次结合）相结合，无法到达集电极。也就是说，晶体管并没有打开。但是，如果在此时给基区导入一个基区电流，载流子就可以到达集电极，晶体管就可以打开了。当不给基区导入载流子时，晶体管就处于关闭状态。正是利用了这一点，通过基区电流对晶体管的开关进行了高速制动。虽然听起来有点复杂，但希望读者能理解。以上只是为了便于解释而写的一个例子。请注意，如上所述，双极晶体管有多种接地方式，它们的操作方式也有些不同。

▶▶ 双极晶体管的操作点

接下来要讲的就更难了点儿，我们来讲一下功率半导体是利用了双极晶体管 I-V（电流电压）的哪些特性来工作的，并且再展开说明一些双极晶体管的操作。为了展示双极晶体管的 I-V 特性，我们以它的电流为 y 轴，电压为 x 轴作图，如图 3-2-4 所示。该图显示了基极-发射极电压与集电极电流的比率，从而展示了双极晶体管的工作原理。在图 3-2-4 中，基极电流 IB 作为一个参数，对应着基极-发射极电压 V_{CE} 有多少集电极电流流经。图上显示集电极电流 IC 也随着基极电流 IB 的增加而增加。这就意味着通过基极电流可以控制集电极电流，也就是为什么说双极晶体管是一个电流控制的设备。

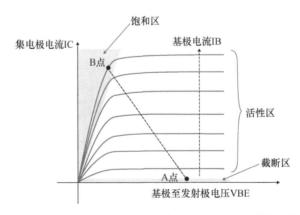

双极晶体管的工作点 （图 3-2-4）

当基极没有电流流动时，集电极也没有电流流动。这被称为截断区，如图所示。另一方面，随着基极电流的增加，集电极电流开始流动。这个区域被称为活性区域。如果进一步增大基极电流，由电源电压和负载决定的集电极电流就会流动。有足够的基极电流流过以使器件导通的区域称为饱和区域。

实际上用于功率半导体的双极晶体管并不存在活性区域，基极电流要么是 0，要么是充足的，通过在图中截断 A 和饱和区域 B 之间的高速移动，进行开关动作。这个差异越大，开关比[⊖]也越大。这有些难以理解，但通过上述逻辑，希望读者能记住电力转换的功率半导体的双极二极管，与具有信号放大功能的双极晶体管的差别。信号放大是在活性区域进行的。

另外，图中显示的类型为发射极接地。之前我们在讲双极晶体管的工作原理时，为了方便说明，用的是基极接地例子，在功率半导体中通常使用发射极接地。

3-3 双稳态晶闸管

晶闸管有三个接面，比双极晶体管多一个接面。它的主要作用是大电流的开关。

▶▶ 晶闸管是什么？

比起二极管和晶体管，熟悉晶闸管（Thyristor）的人应该不多。晶闸管仍然是用于电力控制的双极器件，它们是功率半导体所特有的设备。关于其历史背景我们已在 2-6 节中讨论过。然而，它和双极晶体管无论是在原理、构造，还是操作上都不相同。高速开关是它的强项。一开始它只能一直保持开启的状态，随着关闭状态也能够创建出来，它的应用范围也随之扩大。

然而，正如后面将讨论的那样，晶闸管需要通过外部施加反向电压来进行关闭，这就需要一个复杂的电流传输电路，被称为励磁系统的他励。后面将讨论的 IGBT，不需要这个电流，被称为自励。

▶▶ 晶闸管的原理

基本的晶闸管是一个三端器件，如图 3-3-1 所示，有两个 npn 类型的双极晶体管，相当于将一个基极和集电极连接到另一个集电极和基极上。如图所示，有三个接面。在栅极和阴极上施加电压，使栅极电流流向基极，在开启状态下，也通过向阳极施加反向电压使之关闭。另外，晶闸管还有一个特点：即使去掉输入信号之后，它也能保持其状态，称为闭锁

⊖ 开关比：开和关时流过的集电极电流的比率。当然，它是以数量级表示的。这个数值越大越好。

（英文：latch）。晶闸管被叫作 SCR（silicon controlled rectifier），被翻译为可控硅整流器。晶闸管的符号如图 3-3-2 所示。(a) 是一般的晶闸管，(b) 是我们之后将要介绍的 GTO 晶闸管。

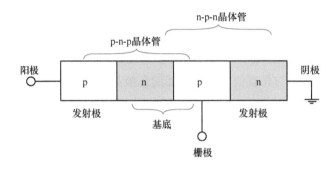

晶闸管的原理图（图 3-3-1）

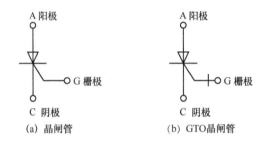

晶闸管的符号（图 3-3-2）

晶闸管的动作如图 3-3-3 所示，有开启和关闭两个状态，因此，如上所述，使用外部电源电压，通过施加反向电压使其关闭，从而实现开关。

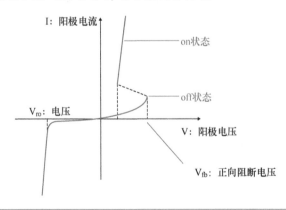

晶闸管的动作示意图（图 3-3-3）

▶▶ 什么是双向晶闸管？

双向晶闸管（TRIAC，triode AC switch）是通过将两个晶闸管以相反的方向并联在一起，在 I-V 特性的第三象限也会产生第二个稳定状态，如图 3-3-4 所示。

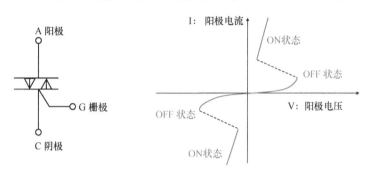

双向晶闸管动作的模型图（图 3-3-4）

▶▶ GTO 晶闸管的出现

GTO 是 Gate Turn Off Thyristor 的缩写。晶闸管在开启时会稳定在开启状态，通过从另一个电路提供电流来关闭，称为电流转移电路，但在 GTO 晶闸管的情况下，使用单独设置的栅极也可进行关闭。

▶▶ 晶闸管的应用

晶闸管凭借其开关动作，被用于工业设备的功率控制和功率转换。比如控制列车电动机的旋转。但因为晶闸管的开关动作并非高速运行，在火车电动机旋转控制方面也正在被 IGBT 取代。

3-4 高速运行的功率 MOSFET

本节解释了 MOSFET 的工作原理，并简要介绍了功率 MOSFET 的发展历史。事实上，其原理和操作与 MOS LSI 中使用的 MOSFET 相同，但其工作电压却有数量级的不同，电流方向也不同。

▶▶ MOSFET 的工作原理

双极晶体管由电流控制，而在 MOSFET 的情况下，如图 3-4-1 所示，在栅极上施加电压，在源极和漏极之间形成电流通路，使晶体管导通和断开。由于它是栅极电压控制的，它的特点是高输入阻抗⊖。这也导致了导通电阻的问题，这个问题将在后面出现（载流子的流动在图中显示。在这种情况下，它被称为 n 通道型，其中电子是载流子，电流的方向是相反的）。图 3-4-1 是一个示意图。请参考图 7-3-1 以获得更近似的信息。

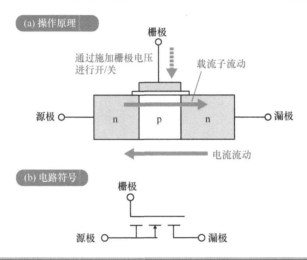

MOSFET 的工作原理和电路符号（图 3-4-1）

熟悉 MOSFET 的人都知道，用于功率半导体的 MOSFET 是 n 通道增强型。原因是，在电流较大时能得到较好的开关比。n 通道是一种类型，其中载流子是电子，而增强型，也称为常断型，是指晶体管通常不工作，除非在栅极上施加电压。这里不需要牢记，只要知道就行。用一个简单的比喻来说，这与水龙头不打开，水就不流动的事实一样。举个简单的例子，即使没有施加栅极电压，也会有少量的电流流过，这被称为漏电流，不适合节能。如果供水有漏水，那么水表指针也往上跳。常断型一词也出现在第 8 章 GaN 的内容中，所以请牢记。

另外，我们为了说明原理，在上述图表中都用 MOSFET 进行了说明。然而，在功率 MOSFET 的情况下，需要有大的电流流动，并且需要承受击穿电压，所以通常采用如图 3-4-2 所示的垂直结构。

此外，图中所示的结构被称为具有两个扩散层的垂直双扩散型。在英语中，它被称为 Vertical Diffusion MOSFET，或简称 VD-MOSFET。为了占用电流，其平面结构也不同。

⊖ 高输入阻抗：可以把它看作是交流操作时的电阻。

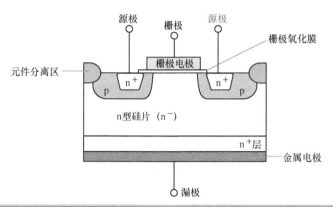

MOSFET 的工作原理和电路符号（图 3-4-2）

▶▶ **功率 MOSFET 的特征是什么？**

第 2 章中介绍了 MOSFET 的历史背景。根据 3-2 节中获得的知识，比第 2 章更详细地解释了功率半导体必须使用 MOSFET 的原因，因为双极晶体管的开关是由电流控制的，基区的重组过程（约 3μs）决定了关断的速率。也就是说，主要是因为关闭它们需要时间。

然而，在功率 MOSFET 的情况下，开关速度要快一个数量级，因为没有重组过程来关闭它们，它们是通过向栅极施加电压来控制的。在双极晶体管的情况下，由于电导率⊖的调制，饱和损耗比功率 MOSFET 低。然而，开关损耗要高一个数量级，而且也与工作频率成正比。图 3-4-3 中的原理图表明，功率 MOSFET 的开关损耗在高速时是最低的。

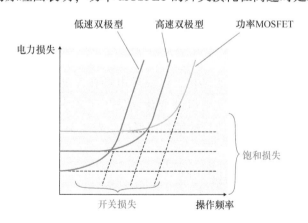

MOSFET 和双极晶体管之间的损耗比较（图 3-4-3）

⊖ 电导率：一种现象，载流子在一个区域的浓度增大，导致电阻减小，电导率增大。

如上所述，MOSFET 的主要特点是它们能够实现高速开关，在工作中它们可以在几兆赫兹（MHz）的速度下运行。几兆赫兹意味着每秒数百万次的开关周期。

然而，另一方面，MOSFET 不适合高击穿电压或大电流，因此它们主要用于几千伏安或以下的中小功率范围的消费产品。MOSFET 不适合高击穿电压的原因是，虽然可以通过减少 n 型区的厚度来降低导通电阻，但这并不能获得击穿电压。关于导通电阻和击穿电压，将在 3-6 节中详细讨论。

▶▶ MOSFET 的各种构造

MOSFET 一直以这种方式用于高速运行，但随着应用范围的扩大，出现了各种结构。下面是对一些例子的解释，如果全部介绍的话，大概三天三夜也讲不完。如图 3-4-4 所示，有一种在通道部分有凹槽的结构，是具有较高击穿电压的结构。

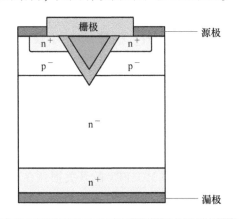

功率 MOSFET 的例子——V 形槽（图 3-4-4）

然而，也有一种带有 U 形槽的结构，以缓解电场在 V 形尖端的集中。这样一来，功率 MOSFET 的半导体结构就随着发电量的变化而发生了重大变化。V 形槽可以通过使用 KOH 或其他材料基于硅晶体的各向异性蚀刻而形成。对于 U 形槽，要采用干式蚀刻。

3-5 节能时代的 IGBT

IGBT 是 Insulated Gate Bipolar Transistor 的缩写。代表绝缘栅双极晶体管。本节将介绍 IGBT 的原理和操作。

▶▶ IGBT 出现的背景

这部分内容可能与第 2 章有些重叠，但对 IGBT 的出现进行了解释。正如我们所看到的，现在有全系列的功率半导体：双极晶体管、晶闸管和功率 MOSFET。尽管如此，高速开关的 MOSFET 也带来了挑战。问题是，由于 MOSFET 的结构限制，为了实现高速开关，其耐受电压很低。然而，现在的应用市场要求在大电压范围内进行电力转换。例如，用于新干线列车的感应电动机的变频器。这就要求功率半导体即使在相对高的电压范围内也能高速开关。因此，IGBT 应运而生。图 3-5-1 示意性地显示了功率半导体的分布情况。

图 3-5-1 显示了每种功率半导体的优势领域，X 轴为工作频率，Y 轴为功率容量。在这里，工作频率可以理解为开关速度，功率容量可以理解为击穿电压。

▶▶ IGBT 的工作原理

我们用一个典型的垂直 IGBT 的例子来说明这一点。图 3-5-2 显示了 IGBT 的结构示意图和它的电路符号。如果把它与图 3-4-2 中的 VD 型功率 MOSFET 进行比较，就会发现，如果大胆地想象一下，它就像一个双极晶体管连接到功率 MOSFET 的底部。硅基底一侧的特点是有三层，从底部开始为 p^+–n^+–n。其中 n 为硅基材。发射极下面的 p^+、n^+–n 和 p 层形成 p–n–p 双极晶体管。这在图 3-5-3 中进行了描述。

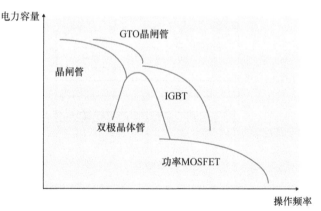

资料来源：根据各种文件编写

每个功率半导体的分布（图 3-5-1）

现在，当施加栅极电压时，形成一个通道，MOSFET 的漏极电流流过，成为 pnp 双极晶体管的基极电流，打开下部双极晶体管和 IGBT。如果栅极电压被关闭，IGBT 就会被关闭。

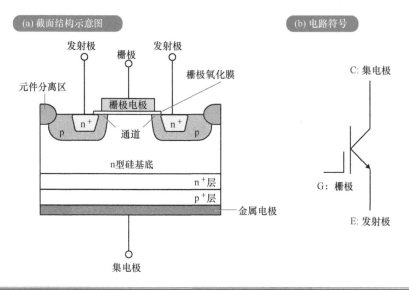

垂直 IGBT 构造的例子（图 3-5-2）

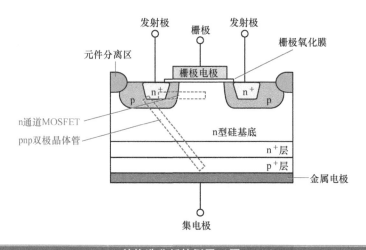

IGBT 的构造分析的例子（图 3-5-3）

IGBT 的最大优点是它们可以在 MOSFET 部分自行开启和关闭，而不需要像晶闸管那样的电流传输电路。

▶▶ 水平 IGBT 的例子

IGBT 不只有垂直型，也有水平型，如图 3-5-4 所示。

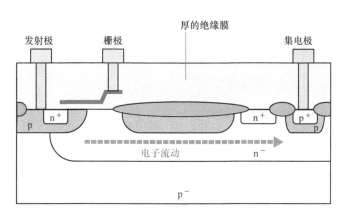

发射极　　　栅极　　　厚的绝缘膜　　　集电极

电子流动

水平 IGBT 的例子（图 3-5-4）

首先，如图所示，需要一个高的介电击穿电压，因此栅极（图中彩色粗线所示）被一层厚厚的绝缘膜覆盖。电流路径也需要高击穿电压，因此发射极和集电极之间的空隙很大，扩散层很深，以允许大电流流动。该图只是为了方便，长宽比并不准确。n 层的厚度（深度）是以几百（µm）（微米）为单位的。与前沿的 MOSFET 相比，n 层的厚度有几个数量级的差异。我们之所以选择在这里集中讨论水平 IGBT，部分原因是为了显示半导体器件的深度。通过反转栅极下的 p 层来创造一个供电子通过的通道，从而开启和关闭电流。双极晶体管是由发射极下面的 p 层、随后的 n⁻ 层和集电极的 p/p⁺ 层组成的。

需要水平 IGBT 的原因是它们很容易与其他电路集成，例如驱动电路。在集成低功耗 CMOS 电路作为驱动电路时，必须使用通常的 MOS LSI 工艺，所以 IGBT 必须是水平的。将在第 7 章讨论的垂直 IGBT，与普通的 MOS LSI 工艺有很大不同。

▶▶ IGBT 面临的挑战

IGBT 的特点是能够在大电流范围内高速开关，但正如迄今为止所解释的，它们是双极晶体管和 MOSFET 的组合，这意味着它们的结构很复杂，制造工艺也很复杂。当然，这也是一个增加成本的因素。

例如，使用穿透外延技术所制造的 IGBT，仍然占到 IGBT 总额的一半，但很难控制外延生长层的杂质浓度。因此，人们为 IGBT 提出了各种结构。这在第 7 章有更详细的解释。

3-6　探索功率半导体的课题

功率半导体有许多问题，但本节主要讨论导通电阻和击穿电压的问题。这些都是功率半导体所特有的问题。

▶▶ 导通电阻是什么？

导通电阻是晶体管工作时的输入电阻。简单地说，它越高，晶体管就越"贪吃"。反之，导通电阻越低，可施加的负载就越大。

导致导通电阻的因素有很多，不容易解释，但可以理解为在 pn 结的正向施加电压时，电流流动的难易程度，如图 3-6-1 所示。电流越难以流动，导通电阻就越高。

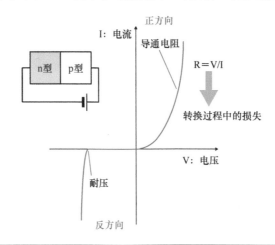

在 pn 结中看到的导通电阻和击穿电压之间的关系（图 3-6-1）

在 MOSFET 的例子中，第一步是使用一个（100）的基底⊖。这是因为（100）具有更高的电子迁移率，因此更适合降低导通电阻。另一项措施是使用外延片。杂质浓度和外延层的厚度决定了导通电阻和击穿电压。

换句话说，这意味着必须减少沟道电阻。具体实现就是具有短通道长度和宽通道宽度的 VMOS 和 DMOS。这在文中可能难以理解，正如我们在 3-4 节中解释过的一样。

▶▶ 耐受电压是指什么？

耐受电压是指设备能承受多少伏的电压。电源侧的实际供应电压在一定程度上是分类的，所以这是一个根据应用场景判断需要多少耐压的问题。这在一定程度上已经标准化了，如图 3-6-2 所示。

⊖ 基底：结晶轴方向为（100）的硅晶圆。双极晶体管使用"111"。

- 低耐压～300V
- 高耐压300V以上

(a) 耐受电压分类的例子 第1部分

- 低耐压～150V
- 中耐压150V～300V
- 高耐压300V以上

(b) 耐受电压分类的例子 第2部分

耐受电压标准 （图3-6-2）

耐受电压与导通电阻不相容。这是因为尽管有可能通过减小半导体层的厚度来降低流经 pn 结的电流的电阻，但减小半导体层的厚度意味着减小可施加的电压，即减小耐受电压。如图 3-6-1 的左侧所示。这显示了在 pn 结上反向施加电压时的耐受电压。

▶▶ **硅的极限在哪里？**

第 5 章将对材料进行详细讨论，由于硅在降低导通电阻和提高击穿电压方面已经达到了它的物理极限，因此有一种转向新材料的趋势。这就是 SiC 和 GaN。这些材料在物理特性方面已经超过了硅的击穿电压，鉴于 SiC 和 GaN 中电子的流动性，降低导通电阻也是可能的。这样一来，与先进的 MOS LSI 领域的基底材料的发展不同，在功率半导体领域的竞争已经开始。可以说是这个领域的一个特点。

另一方面，使用硅的功率半导体无法应对平面型，正在转向环型。从结构上对硅半导体进行改造，趋势是更薄的晶圆、平面化、沟渠化，以及从冲孔型向非冲孔型和场截止型的转变。

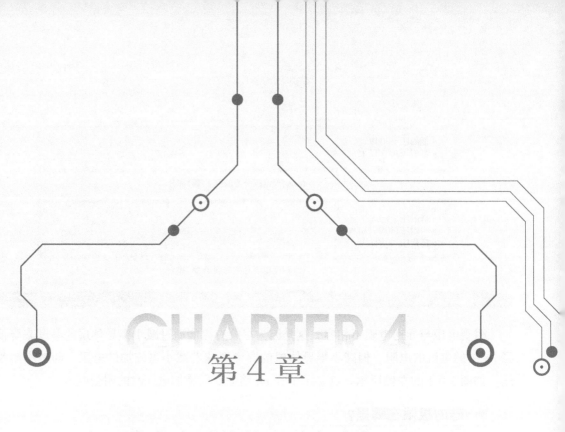

第 4 章

功率半导体的用途与市场

本章涵盖了功率半导体从工业到家庭方面的应用。
功率半导体在我们的周围虽不常见，但它的应用范围很广。

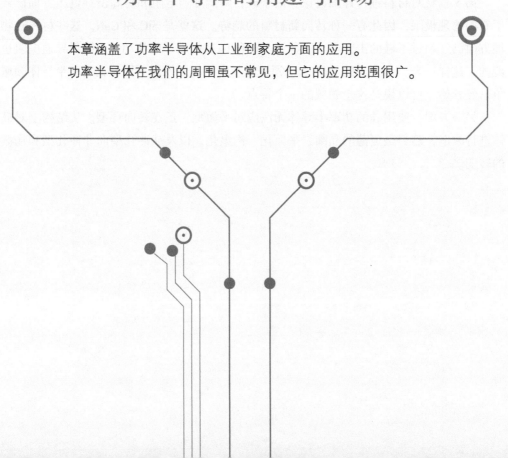

4-1 功率半导体的市场规模

从广义上讲，据说全世界的功率半导体市场价值约为 1000 亿元。这相当于现在闪存的市场规模。

▶▶ 功率半导体的市场

研究表明，广义的功率半导体市场目前超过 1350 亿元，这种计算方式也使得其规模超越了闪存市场。该市场还将增长，预计到 2030 年将达到接近 2500 亿元。第 10 章将讨论绿色能源政策的推广，预计将导致越来越多地使用功率半导体，未来的市场趋势将受到密切关注。此外，未来的增长潜力也值得期待，例如所谓的宽隙半导体材料，如 SiC 和 GaN 的性能改善，这些都是取代硅的新材料，如第 8 章所述。这些材料的成本仍然很高，但如果它们在未来变得不那么昂贵，市场份额预计将迅速增长。

作为参考，每种半导体产品的市场份额见图 4-1-1。2017 财年的数据显示，虽然集成电路（LSI）在市场上占主导地位，但包括功率半导体在内的半导体分立器件也表现良好，达到 5.3%。

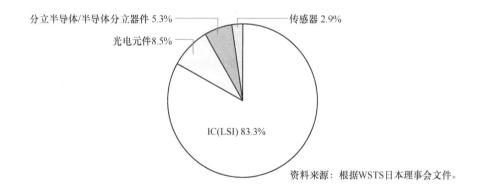

分立半导体/半导体分立器件 5.3%　　传感器 2.9%
光电元件 8.5%
IC(LSI) 83.3%

资料来源：根据WSTS日本理事会文件。

各半导体产品的市场份额（图 4-1-1）

▶▶ 进入功率半导体市场的企业

该领域的企业可大致分为三类。第一类是拥有传统通用电子部门的制造商。在日本，这些公司包括东芝、日立、三菱、瑞萨和富士电机、英飞凌（从西门子分离出来的）和飞兆（美国 GE⊖的一个部门）。另一类则是功率半导体的专业制造商。这种公司的半导体业务规模不大，但其专门从事功率半导体，如新电、旭化成东光和三社电气、国际整流器和 Vishay。其他公司则是在广泛的半导体业务中也顺便做功率半导体。如 ROHM、NXP（从荷兰的飞利浦分离出来的）和 ST micro（欧洲）。这些情况在图 4-1-2 中进行了总结。

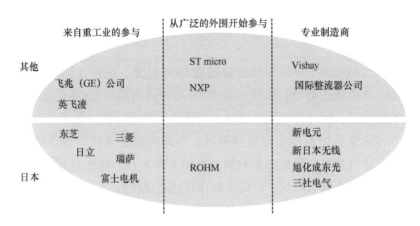

涉及功率半导体的公司（图 4-1-2）

▶▶ 日本企业里实力雄厚的功率半导体部门

日本公司在存储器和先进的逻辑电路方面正在苦苦挣扎，但在功率半导体领域，大多数产品占到了一半左右的市场份额。例如，三菱电机和富士电机占全球 IGBT 生产份额的近 60%。从半导体业务的未来发展来看，功率半导体领域是值得关注的。

4-2 电力基础设施和功率半导体

在探讨功率半导体的应用之前，读者是否考虑过，发电厂产生的电力是如何到达我们周围的？在这里，我们先看一下这个问题。

▶▶ 电网与功率半导体

现有电网传输的电力是由水力、火力和核能发电厂产生的。有两种传输方式：三相交

⊖ GE：美国通用电气制造商。它还因为是爱迪生电灯公司的母公司而闻名。

流传输和直流传输（每一种都有自己的优势和劣势，在此不做赘述）。

在有的国家，三相交流电是主要的电力传输类型。直流传输没有交流的电抗⊖，只有交流电压有效值的 $1/\sqrt{2}$ 的电阻。在这些电网中，功率半导体被用于交流到直流和直流到交流的转换。比如从北海道到本州、四国与本州之间的电力传输。如你所知，在日本，以富士川为界划分为东西日本。东日本为 50Hz，西日本为 60Hz，电频不同。为了电力共享，在富士川的边界已经建立了几个频率转换站，但这些站的规模并不大。功率半导体的作用也是为了进行这种频率转换。图 4-2-1 总结了上述的电力传输机制。

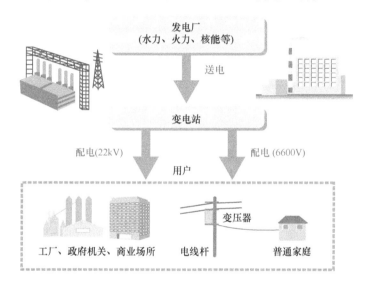

电力送电网与配电（图 4-2-1）

电站产生的电压很高，如 275000V，所以电力从电站通过高压输电线路传输到变电站。为方便起见，图中只显示了一个转换，但实际上，电力要经过几个变电站，直到到达最终的变电站，再分配给用户。虽然图中显示的是单线路情况，但输电网络当然是网络化的，并根据过剩和不足来控制电力的传输。从这里到用户的电力供应被称为配电，应区别于从发电站到变电站的输电⊜。最终，22kV（千伏）的交流电被供应给建筑物等，而100V 的交流电则通过变压器从电线杆供应给家庭。该图应做一般情况下的参考，因为工

⊖ 电抗：（Reactance）进入交流电路的线圈或电容器的电压和电流的比率，可以把它看作是一个伪电阻。

⊜ 输电：送电与配电。如上所述，来自发电站的电力是超过 275000V 的超高压，因此在变电站依次进行了转换。这个阶段被称为"送电"。电力在一个配电站被转化为 6600V 的电压，并"配电"到城市。电压在电线杆上的变压器上被降至 100V，并供应给家庭。

厂和其他大型用户可能有自己的变电站等。

▶▶ 实际使用情况

电力公司提供的电力是恒定的电压和频率，但在实际使用点（工厂、商业设施、办公室、家庭），根据设备的不同需要各种电压和频率。因此，基本上需要使用逆变器和整流器，将电压和频率转换为最适合设备（负载）的电压和频率。

另一方面，家用太阳能电池和燃料电池也需要与家庭电力供应保持一致。这将在第 10章讨论。这些转换器和逆变器的关键部件是功率半导体。在这一点上，考虑转换效率是很重要的。

▶▶ 功率半导体在工业设备中的应用

电动机经常用于工业设备中，变频器产生的交流电可以被认为是电压、频率可变的交流电，它是感应电动机速度控制的理想选择。因此，功率半导体被用于使用感应电动机的设备和机械的速度控制，例如工厂中的泵、风扇、传送带和机床。

这方面的原理在 4-3 节中有所涉及，请参考该节。在本节中，我们需要记住的是，由功率半导体组成的变频器对工业设备中使用的感应电动机的速度控制是有效的。

功率半导体是在能量（电力）供应方和能源消耗方之间执行功率转换任务的器件。换句话说，它们是将电源侧的电力转换为用户侧的可用电力的设备。用户方面有不同的需求，所以设备的作用也是广泛的。该过程在图 4-2-2 中进行了总结。然而，在这里只触及

功率半导体的作用（图 4-2-2）

了与传统发电资源的关系，我们将在第 10 章中考虑它在智能电网，即未来电力网络中的作用。这就是功率半导体的潜力。

4-3 交通基础设施和功率半导体

本节探讨了功率半导体和交通基础设施（如电车和汽车）之间的关系。在即将到来的清洁能源时代，这将是非常重要的。

▶▶ 电力机车与功率半导体

目前，大约 20% 的二氧化碳排放与交通有关，这主要是由于汽车排放。21 世纪也被称为环境和能源世纪，在这方面，以电力机车为典型代表的铁路不排放二氧化碳，正在被重新评估为 21 世纪的运输手段。事实上，电力机车也需要功率半导体。

如 2-6 节所述，功率半导体被用于电力机车的整流器和逆变器。在某种意义上，可以毫不夸张地说，今天电力机车的发展在很大程度上归功于功率半导体。

在这里，让我们看一下铁路基础设施。今天，电力机车的大部分新电气化路段都是交流电气化。这是因为直流电气化需要每隔几 km 就安装一个变电站，这就增加了铁路的建设成本。另一方面，交流电气化允许变电站的间距从几十 km 到最远 110km，从而降低了建设成本。直流电动机是基于电刷和换向器相结合的原理进行工作的，其缺点是维护成本高。这就是为什么被交流电动机，也就是所谓的感应电动机（induction motor）所取代。如果读者曾经制造过带电刷的直流电动机，会知道笔者在说什么。笔者也为此吃了不少苦头。另一个问题是，电刷会受到磨损。

在交流电气化中使用直流电动机的系统需要整流器。过去使用的是水银整流器，但自从发明了硅整流器后，功率半导体的时代已经到来。这是由于在 20 世纪 60 年代使用了硅晶闸管，在 20 世纪 70 年代引入了 GTO 晶闸管。

▶▶ 实际的电力转换

然而，要说真正的电力机车究竟需要什么样的电力转换是很复杂的，本书以新干线列车为例进行介绍。

新干线使用交流电，电压为 25000V。100 系列的电动机是直流电动机（230kW，800kg）。但在 300 系列及以后的产品中，变成了交流电动机（300kW，375kg）。可以看到，交流电动机即使比较轻，也能产生更大的功率。对于交流电气化中的直流电动机来说，整流器是必要的，电压和频率的转换是按照下面的方法进行的。

▶▶ **N700 系列使用 IGBT**

在交流电气化中使用交流电动机的情况下，如图 4-3-1 所示，在变电站降压后，通过架线将交流电传送到车内再次进行变压。随后，由三相变频器对交流电动机进行转速控制。一台变频器可以控制数个电动机。

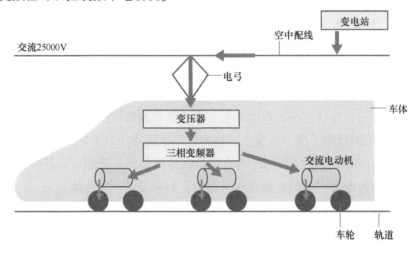

电力机车与功率半导体的模型图 （图 4-3-1）

这种方法被称为 VVVF（variable voltage variable frequency），也被称为可变电压可变频率型。如图 4-3-2 所示，使用变频器将交流电压和频率从右侧转换到左侧，以改变感应电

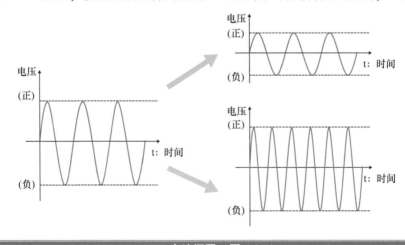

VVVF 方法概要 （图 4-3-2）

动机的旋转并控制其速度。自 20 世纪 90 年代中期以来，IGBT 一直被变频器用于速度控制。例如，GTO 晶闸管在东海道新干线上一直使用到 300 系列，但 IGBT 从 N700 系列开始使用，这是目前的主流。

图 4-3-1 显示了一个原理图，当然，这些电力装置被安置在车体下面。顺便提一下，这些安装被称为倒装，是在车体倒置的情况下进行的。笔者恰好有机会在机车车辆厂看到过。

一些专家认为，火车开始运行时的"哗!"声是由于变频器的开关噪声。下次乘车时，可以仔细听听。

由于篇幅所限，这里主要对速度控制系统的功率转换进行了说明。此外还有其他各种用电设备，包括使用三相交流电的空调、压缩机和其他设备，使用单相交流电的加热器和照明设备，使用直流电的电池等。由于这个原因，许多其他功率半导体也被用于功率转换。对于使用电池的直流电源，请参考以下汽车应用的功率半导体。

▶▶ 混动机车的出现

功率半导体在混合动力汽车上的应用将在 4-4 节中描述，但在此之前，值得一提的是，混动机车已经出现。这方面的一个例子是 Kiha E200 型，它由 JR 东日本公司在小海线（山梨县小渊泽至长野县小诸）上推出，该公司称它是世界上第一辆投入运营的商业列车。"Kiha"指的是柴油发动机汽车，"E"代表 JR 东日本中的 East。

该结构利用柴油机产生的电力来控制感应电动机的旋转，使用的是上述相同的机制。另外，五能线上的"Resort Shiragami"也是混动的。因为它靠近一个世界自然遗产地，也考虑到了环保问题。图 4-3-3 中的照片显示如下。

混动机车"**Resort Shiragami**"（**图 4-3-3**）

4-4　汽车和功率半导体

这节将探讨功率半导体和运输基础设施（如汽车）之间的关系。与火车不同，汽车需要另外的动力转换。

▶▶ 电动车的出现与功率半导体

如上一节所述，数据显示，交通占目前二氧化碳排放量的 20% 左右，这主要是由于车辆的排放。向混合动力汽车（HV：Hybrid Vehicle）和电动汽车（EV：Electric Vehicle）的转变也已经开始。图 4-4-1 是一张混合动力汽车的图片。另一方面，在许多国家有向电动车发展的趋势。在日本，充电桩的数量也在增加。

丰田汽车公司开发的普锐斯（Prius）HV（图 4-4-1）

今天的车辆越来越多地采用电子控制，并使用了许多车载半导体。在本节中，我们将分别关注电动汽车和功率半导体。混合动力汽车（HV）早已被投入实际使用，作为解决环境问题的对策，而电动汽车（EV）的实际使用最近也在加速进行。功率半导体在这些方面是不可或缺的。HV 结合了传统的化石燃料发动机和电动机，并提出了各种方法来减少对环境的影响，如使用发动机进行初始驱动，在稳定行驶后切换到电动机，以及各种电池充电方法。图 4-4-2 是一个 HV 系统的例子。

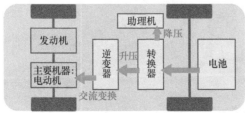

资料来源：根据各种资料汇编而成。

混合动力汽车（HV）与功率半导体（图 4-4-2）

电动车也有不使用汽油的优势，因为它们完全依靠电池驱动的电动机运行。这将在 10-4 节中讨论。

▶▶ 功率半导体的作用

最初，汽车的电气系统是由电池支持的，但在 EV 汽车和 HV 汽车中，从供电系统（装备电池）向电动机和其他电气设备供电的辅助运行系统的高电压被称为"主机"，其余被称为"辅助设备"。换句话说，驱动 HV 和 EV 的都是电动机，那么电动机是主单元，而电动窗和电动转向（12~14V）是通过降低辅助单元系统的电压运行的。这意味着汽车功率半导体被用于电池电压提升和降压电路，如图 4-4-3 所示。

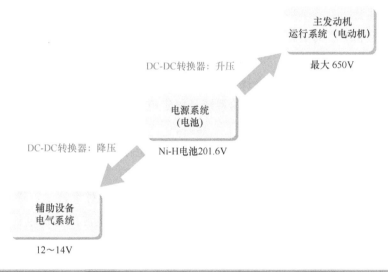

DC-DC转换器: 升压

主发动机
运行系统（电动机）

最大 650V

电源系统
(电池)

Ni-H电池201.6V

DC-DC转换器: 降压

辅助设备
电气系统

12~14V

汽车升压和降压以及功率半导体（图 4-4-3）

接下来可以和图 4-4-2 配合阅读，目前的 HV，以普锐斯为例，201.6V 的镍氢电池电压被提升到最高 650V，通过逆变器转换为三相交流电，用于驱动电动机。换句话说，功率半导体被用于升压转换器和逆变器，用于交流到直流的转换。此外，辅助设备中的 12~14V 电压是由降压转换器提供的。硅的垂直 IGBT 目前在上述逆变器中使用，也在逐渐被 SiC 和 GaN 取代。

▶▶ 降压/升压是什么？

升压和降压的方法读者可能不熟悉，所以在这里解释一下。这是由一种被称为直流斩波器的设备完成的。详细的原理有点难解释，将在 8-3 节中对它的电路配置等进行详细说明。这是一种通过一次脉冲直流降低总电压的方法。在交流的情况下，使用变压器（transformer）来升压和降压就足够了，但在直流的情况下就需要用到这种斩波器系统。

4-5 信息、通信和功率半导体

在当前的 IT 时代，功率半导体也是不可缺少的。在这里，我们把目光转向办公室，探讨信息和通信、办公自动化设备和功率半导体之间的关系。

▶▶ IT 时代与功率半导体

有些人可能会问，功率半导体的工作是转换电能，与处理信息的 IT 有什么关系？但是，如果办公室和工厂的信息是以电子数据形式管理的，并与网络相连，而突然发生了停电该怎么办？想象一下医疗机构和银行的在线系统、交通管制系统等，就会明白情况的严重性。这就是为什么信息设备被连接到不间断电源（UPS：uninterruptible power supply），这与商业电源不同。办公室一般使用的系统是恒定电压恒定频率（CVCF：constant voltage constant frequency）系统，这里也使用了变频器。

以下是一个具体的解释：想象一个办公室，桌子上排满了个人计算机，人们在屏幕前工作。此外，如果没有复印机和服务器等办公自动化设备，日常业务就不可能进行。如果由于停电等原因突然切断电源，这些设备可能会丢失数据。对策就是连接上述的 UPS 电源。图 4-5-1 中展示了一个例子。在正常情况下，来自商业电源的交流电被整流器转换为直流电，电池被充电，并通过恒定的逆变器电路向个人计算机供电，这就是所谓的恒定逆变器供电系统。当然，在 PC 端有一个适配器将直流电压转换到一个适当的水平。

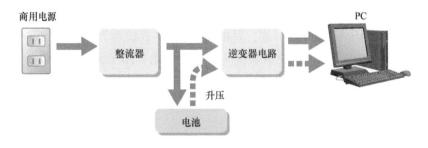

UPS 电源的组成 （图 4-5-1）

另一方面，在停电的情况下，商业电源被切断，所以电源切换到电池供电，如图 4-5-1 中的虚线所示。在这种情况下，电压由转换器升压，然后由逆变器转换为交流电，与商业电源的交流电相同。

▶▶ 实际发生的动作

这种逆变操作执行 4-4 节中描述的电压降压和升压。在过去，晶闸管和 GTO 晶闸管被用于快速开关，但最近 IGBT 也逐渐登场。在某些情况下，正如第 10 章所讨论的那样，与电源调节器的制造商一样，也参与了利用可再生能源作为电源的市场。图 4-5-2 是一个 UPS 电源的例子，其电路配置供参考。图中最上方的线是一个旁路。

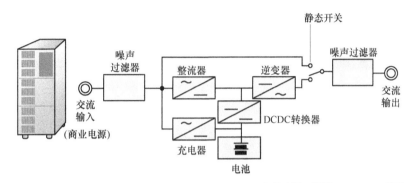

资料来源：根据YAMABISHI网站。

UPS 电源的例子（恒定逆变器系统）（图 4-5-2）

4-6 家电与功率半导体

本节探讨了家用电器和功率半导体之间的关系。作为典型的例子，介绍了电磁炉和 LED 照明。

▶▶ 什么是 IH 电磁炉？

众所周知，变频器控制被用于冰箱和洗衣机，以及荧光灯和家用空调中。这里使用的变频器是用于控制压缩机和电动机的变频器，其工作方式与新干线和其他列车的电动机控制相同。在本节中，我们想介绍一下变频器的一个稍微不同的功能。

读者中应该也不乏使用 IH 电磁炉的人，其作为环保时代的厨房用具吸引了大家的注意力。IH 是 Induction Heating 的缩写，翻译过来就是感应加热。IH 电磁炉利用的是电流通过 IH 线圈发热进行烹饪，在锅碗瓢盆的底部产生涡流和焦耳热。由于锅碗瓢盆直接产生热量，且不使用火，所以很安全。又因为大部分热量用于烹饪，使它们经济实惠，吸引人们的注意。出于这些安全原因，它们是高层公寓的标准设备。图 4-6-1 显示了一个 IH 炊具设备的例子。

IH 烹饪加热器（松下）（图 4-6-1）

涡流（英文为 eddy currents）有时被称为 Foucalt currents。Foucalt⊖是发现涡流的人的名字。

许多人可能不熟悉涡流和感应加热，因此我们对这些进行简单的解释。

如图 4-6-2 所示，当高频电流作用于电磁炉的加热线圈时，会产生磁场。当一个金属锅或类似的东西放在上面时，磁力线发生变化，金属中产生涡流，如放大图所示。

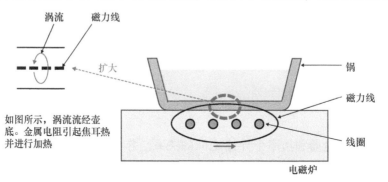

涡流和电磁炉加热的示意图（图 4-6-2）

这种电流流动产生焦耳热，这反过来又导致了加热。

▶▶ 功率半导体用于何处？

如上文在解释涡流时提到的，IT 电饭煲也需要功率半导体。在电磁感应过程中，变频

⊖ Foucalt：莱昂·傅科（1819-1868），法国物理学家。因发明利用科里奥利力的傅科摆而闻名。他还发明了陀螺仪。

器需要将家用电（50Hz 或 60Hz 交流电）转换成数十千赫兹的交流电。换句话说，通过变频器进行频率转换。

▶▶ LED 照明与功率半导体

那么作为节能照明光源的 LED（ Light Emission Diode）照明呢？在这种情况下，整流器将家用交流电转换为直流电，然后通过降压斩波器转换为 LED 所需的电压，LED 发光，所以这里也需要一个功率半导体。

8-3 节中讨论了斩波器的增压/降压原理，如上所述。

这种 LED 的发光原理是基于半导体器件的 pn 结，这与第 2 章中描述的 pn 结的作用不同，所以要简单解释一下。pn 结在这里的作用是，当电流流经半导体 pn 结，电子和空穴在结上重新结合时，发出光，如图 4-6-3 所示。pn 结的特点还包括高转换效率、低电压和小功率直流驱动、低红外和紫外线辐射，以及外部安装所必需的小型化和防水结构。另一个主要特点是，即使在低温下，发光效率也几乎没有降低：在整流二极管的情况下，pn 结抑制载流子的流动以引起整流，而在 LED 中，载流子从 pn 结的两端注入并在结上重新结合，然后转化为光能。了解了这一点，我们就知道半导体设备多么有趣。此外，功率半导体被用来在 LED 这种光学半导体的使用中进行必要的电压转换。了解半导体的各种作用也很有意思。

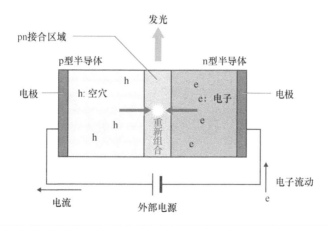

LED 的发光原理模型图（图 4-6-3）

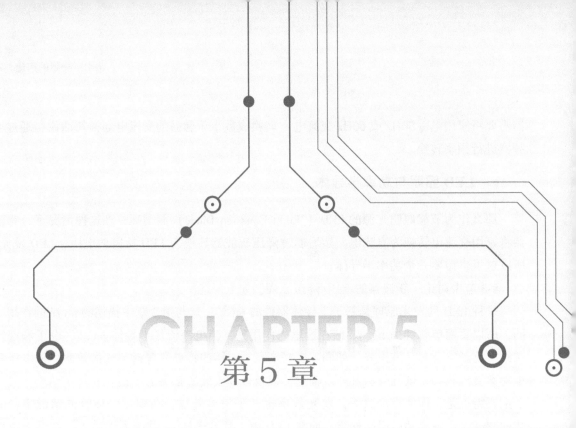

第 5 章

功率半导体的分类

在本章中，我们试图对讨论过的功率半导体进行分类，以便让读者有一个大致的了解。

本章还包括一些关于功率半导体的杂项知识。

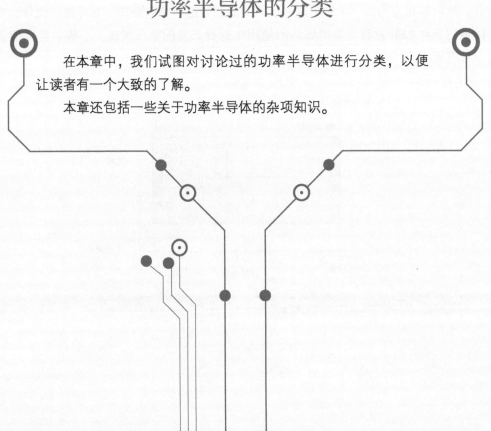

5-1 根据用途分类的功率半导体

到目前为止,我们已经了解了功率半导体的类型、工作原理和它们的应用市场。正如在第 4 章中所看到的,功率半导体有广泛的应用,也有着许多不同的术语。在本章中,将对各种类型的功率半导体进行分类,以便对其进行整理。此外还将研究功率半导体的性能。

▶▶ 功率半导体是非接触式开关

让我们再次回顾一下对功率半导体的理解。功率半导体是能够实现机械开关无法实现的快速开关速度,从而"转换功率"的器件。如果我们更深入地研究半导体器件,可以说它们"通过小电流/电压的操作,来控制大负载电流的高速开启与关闭"。图 5-1-1 为示意图。

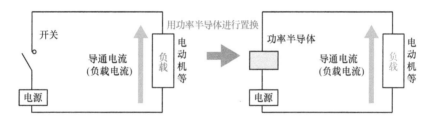

功率半导体的作用 (图 5-1-1)

作为半导体器件,它们半永久性地工作,没有机械磨损,可以说是高速的电子开关。而另一方面,它们本身不能存储电能。尽管在图 5-1-1 中没有完全描述,但控制电路、功率转换电路、保护电路和冷却功能都是负载运行所需要的。正如在 3-3 节中简要提到的,晶闸管需要一个复杂的控制电路,称为分流电路,以将其从开启切换到关闭。这些都被归入电力电子的概念中。包含所有这些的设备被称为电源转换器。

在本书中,重点是功率半导体本身,因此所有这些将只涉及部分内容。关于整个电力电子的更多信息,请参考该领域的书籍。

▶▶ 功率半导体的广泛用途

第一步是按用途分类。功率半导体的应用范围见第 4 章。在这里我们不按应用领域来对其进行区分,而是换一种不同的方式。首先是判断负载是否有驱动力。有驱动力的负载的典型情况是什么呢？就是电动机。没有驱动力的负载的典型情况是什么？这就包括我们在第4章讨论的UPS等电源、第10章将讨论的太阳能电池等可再生能源，以及传统的交流和直流电源。这在图5-1-2中进行了总结。正如第4章中简要提到的，有驱动的情况下，变频器主要用于所谓的感应电动机（交流）的速度控制。另一方面，在电源系统中，降压和升压是转换器的主要功能。像这样功能各异的功率半导体还有很多。

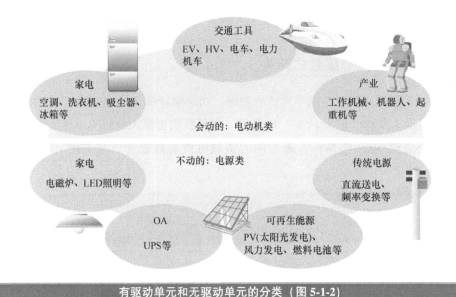

有驱动单元和无驱动单元的分类（图5-1-2）

5-2 根据材料分类的功率半导体

在功率半导体中，不仅是硅，而且还有各种其他材料被用来提高性能。在此，我们想根据材料对其进行分类。

▶▶ 功率半导体与基底材料

在功率半导体中，基底的物理特性在大多数情况下对器件特性有直接的影响。这是因为二极管、晶体管和晶闸管等元件层面的性能比LSI的性能更重要，后者是由众多晶体管集成而成的。

用一个大胆的比喻，LSI类似于团队运动，而功率半导体则类似于个人运动，LSI可以通过元件设计、电路设计和电路组合来提高性能。例如，在棒球和足球中，得分、信息分析和团队支持系统也是促成胜利的因素。相比之下，功率半导体就像一门武术，本身就需要实现更高的性能。为此它们还需要进行各种物理改造。这就是为什么功率半导体是"材料驱动的"。读过下面的第 6~8 章后，读者就会明白并且同意上述观点。因此，与 LSI 不同，针对不同的材料有其相对应的规格。

针对具体材料，我们将放在第 6 和第 8 章进行说明。目前用于功率半导体的材料主要是硅，硅的化合物 SiC（碳化硅）的实际应用越来越广泛，GaN（氮化镓）的研究和开发也是以实际应用为目标。氮化镓半导体是 III~V 主族的化合物半导体，因为镓（Ga）是 III 主族的元素，氮（N）是 V 主族的元素。相比之下，SiC 是第四类的化合物半导体。换句话说，当半导体材料根据它们是单质还是化合物来分类时，硅和碳化硅的分类是不同的，尽管它们都是第四类半导体。

然而，在硅基或非硅基半导体的分类中，硅和 SiC 被从 III~V 主族半导体中分离出来，因为它们都是第四类半导体，所以在这种分类中，硅和 SiC 属于同一类，如图 5-2-1 所示。在本书中，图 5-2-1 中的分类（a）描述如下。

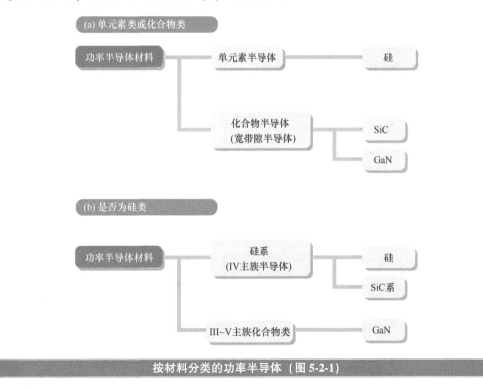

按材料分类的功率半导体 （图 5-2-1）

另一方面，硅仍然是 LSI 的基底材料。

▶▶ 对宽隙半导体的需求

为什么需要 SiC 和 GaN？就固态特性而言，什么决定了击穿电压？对绝缘体来说，厚度越厚，其绝缘效果越好。我们讲到功率半导体扮演着开启和关闭电力开关的角色。换句话说，问题在于作为开关的耐受电压。我们在第 1 章中了解到，半导体可以是导体，也可以是绝缘体。正如我们所看到的，无论何种类型的功率半导体，起到开关作用的都是 pn 结。

pn 结有一个小浓度的载流子（电子和空穴），它们负责携带电力。这被称为耗尽层（英文为 depletion layer），当两种类型的载流子（p 型空穴和 n 型电子）相互扩散并通过重组消失时，耗尽层在 pn 结附近形成。这个耗尽层上的电压被认为是决定击穿电压的主要因素。

在图 5-2-2 中对其进行了总结。耗尽层的击穿电压与带隙（禁带）的大小成正比，这对半导体来说是一个略微困难的术语。关于带隙，见图 2-1-2。所以需要具有大带隙的半导体，即宽隙半导体。带隙为 1.1eV 的材料，如硅，其击穿电压不足以满足未来的应用。因此，需要像 SiC 和 GaN 这样的材料。

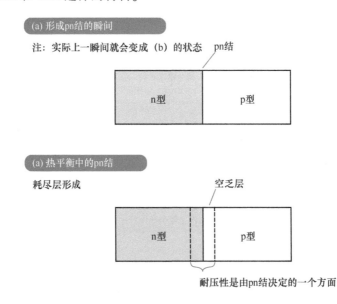

(a) 形成pn结的瞬间

注：实际上一瞬间就会变成（b）的状态　　pn结

(a) 热平衡中的pn结

耗尽层形成　　　　　　　　　　　　空乏层

耐压性是由pn结决定的一个方面

注：在耗尽层中，由于n型和p型硅的许多载流子的重新结合，载流子浓度很低。

从固态特性看 pn 结的耐受电压　（图 5-2-2）

5-3 按结构和原理分类的功率半导体

虽然可能与第 3 章有一些重叠，但为了更好地梳理，笔者想按照结构和功能进行分类。内容稍微有点正式，是把握核心的关键之处。

▶▶ 按载流子种类的数量分类

首先，它们可以大致分为双极类和 MOS 类。正如第 2 章所讨论的，携带电力的载流子（carrier；与 carrier bag 的 carrier 为同一个单词）的极性可以是正的或负的。双极晶体管之所以被称为双极，是因为它们同时使用带负电的电子和带正电的空穴。相比之下，功率 MOSFET 只使用电子⊖，因此也被称为单极型。然而，这个术语似乎只被用来与双极型进行比较，通常被称为 MOS 型。为简单起见，我们将按图 5-3-1 所示对其进行分类。在 IGBT 的情况下，既采用了 MOSFET，又采用了双极晶体管，因此很难对它们进行比较，这里将它们列入双极型。

按载流子类型数量分类的功率半导体（图 5-3-1）

▶▶ 按结的数量分类

首先，大致分成双极类和 MOSFET 类，然后按结的数量进行分类，这样可能比较容易理解。

一个 pn 结二极管只有一个结。双极晶体管和 MOSFET 的结的结构略有不同（不存在

⊖ 只使用电子：功率 MOSFET 重视高速和驱动，因此只使用 n 通道晶体管（即使用所谓的高移动性电子作为载流子）。p 通道晶体管，即使用空穴作为载流子，也可用于 MOSFET。LSI 同时使用两者，如 2-9 节所述。

结叠加）。就 IGBT 而言，正如在 3-5 节中解释的那样，它们基本上是双极晶体管和 MOSFET 的组合，所以它们在这里被归类为多结器件。如第 2 章所述，晶闸管是三结器件。正如我们所看到的，结越多，就有可能出现越复杂的开关功能。3-1 节中解释了二极管的整流作用，但在二极管的情况下，它可以根据电流的方向来开启和关闭，而不需要特定的控制电路。这被称为不可控元件。相反，那些由外部电路控制的元件，如晶闸管和晶体管，被称为可控元件。图 5-3-3 总结了到目前为止所讲的内容。

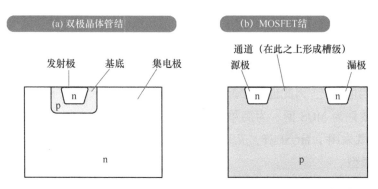

注）在双极晶体管的情况下，结是以叠加的方式形成的。

双极型结和 MOS 型结的比较 （图 5-3-2）

按结数量分类的功率半导体 （图 5-3-3）

如果对前面提到的"结叠加"加以解释，则如前所述，双极晶体管和 MOSFET 的结的结构的含义略有不同。这意味着在解释这两种类型的晶体管的工作原理时，它们被描绘成 n 型、p 型和 n 型，如图 2-4-2（双极晶体管）和图 2-5-3（MOSFET）所示。

然而，在实际的双极晶体管中，如图 5-3-2（a）所示，一个 n 型与一个 p 型有一个接面，另一个 p 型与另一个 n 型有一个接面。这就是所谓的结叠加。

相比之下，MOSFET 在 p 型中有两个 n 型接面，如图 5-3-2（b）所示，但没有像所谓的双极晶体管那样的结重叠。这就是双极晶体管和 MOSFET 之间结形成方式的不同。特别是图 5-3-2（a）中双极晶体管的基底层被画成一定的厚度，以便在图中更容易理解，但实际上它是一个相对较薄的区域。

▶▶ 按端口数量和结构分类

有些分类是基于外部端口的数量。例如，一个二极管是一个两端设备。正如我们可能猜到的那样，端口的数量随着 pn 结的增加而增加。然而，对于设备控制，最多使用三端设备。例如，晶闸管是一个三端器件，IGBT 也是一个三端器件，如图 5-3-4 所示。

按端口数量分类的功率半导体（图 5-3-4）

5-4 功率半导体的容量

在本节中，笔者想放一些不适合其他章节的内容。请将其作为一份关于功率半导体的杂项信息，自由阅读。

▶▶ 什么是功率半导体的额定值？

功率半导体已被描述为用于功率转换的半导体。在某些情况下，它们是应用高电压来控制高电流的设备。正如我们所知，功率＝电流×电压。用公式来表示功率（P）、电流（I）和电压（V）之间的关系是：

$$P = I \times V$$

因此，用功率半导体进行功率转换的关键是有多少电流可以流动，有多少电压可以应用。在功率半导体的情况下，这被称为额定值，会出现在商品目录中。图 5-4-1 显示了一个 IGBT 的例子。通常，目录中表示的是集电极和发射极之间可以施加的最大集电极电流 Ic 和电压 Vces（S 代表饱和状态，是 saturation 的缩写）。这里用 Ic 和 Vces 作为例子，但还有许多其他数值可以使用。请参考功率半导体的目录。当然，这指的是设备可以安全操作的范围。

記号	项目	条件	定格值	单位
I_c	集电极电流	测量时的温度和脉冲条件	100	A
V_{ces}	集电极到发射极的电压	测量条件，例如 G~E 之间的短路	600	V

注）G代表栅极，E代表发射极。
资料来源：根据各功率半导体制造商的目录。

功率半导体额定值实例（图 5-4-1）

典型的额定值是 600V 或 1200V，通常可以应付 220V 或 440V 的电源。当然，在需要处理更高电压的地方，如铁路和输电变电站，则需要更大的功率半导体。这里的额定电流以 100A 为例，但也有各种额定电流，最高可达 1kA 或更高。

▶▶ 功率半导体的电流容量和击穿电压

电源的标准电压是固定的。图 5-4-2 显示了日本 JEC[⊖]规定的标准电源电压。自然，这意味着用于高电压的功率半导体需要那么高的耐受电压。JEC 有各种标准，如果读者有兴趣，可以访问 JEC 网站看看。

⊖ JEC：日本电气技术委员会英文名称，Japanese Electrotechnical Committee 的缩写。国际标准是 IEC，其中 I 是 International 的缩写。

	种类	电压
用于家庭	单相／三相	100V、200V
用于小型工厂	三相	200V、400V
用于建筑和工厂	三相	3.3kV、6.6kV
大型工厂、大容量设施	三相	11kV、22kV、33kV

资料来源：来自JEC-0102（2004）。

标准电压的 JEC 标准 （图 5-4-2)

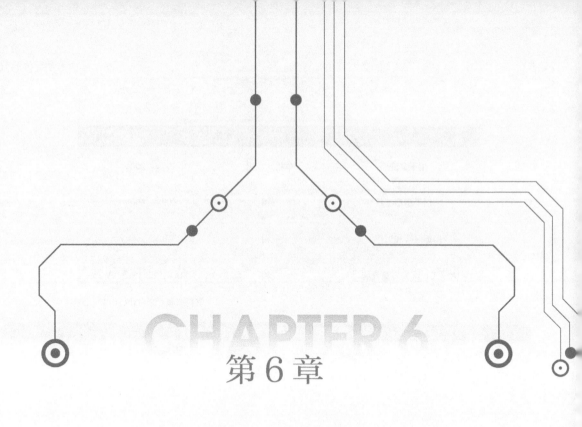

第6章

用于功率半导体的硅晶圆

　　本章探讨了硅作为功率半导体的基底材料，并讨论了其材料、特性、问题和晶圆制造方法。

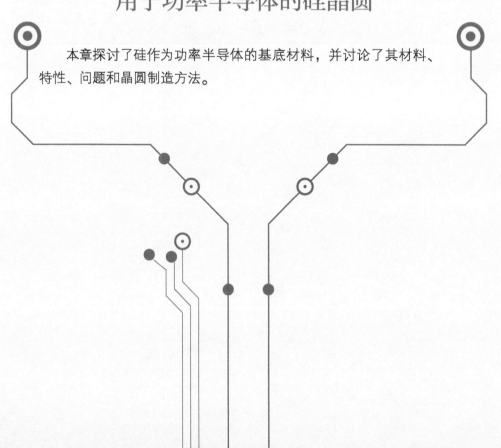

6-1 硅晶圆是什么？

本节介绍了用于功率半导体的硅单晶和硅晶片。第 8 章将讨论硅以外的材料。

▶▶ 硅的质量是功率半导体的关键

在这一节中，我们想详细介绍一下硅和硅晶片[一]。因为功率半导体 "高度依赖于硅片的质量"。这并不意味着用于先进 LSI 中的 MOS 逻辑和 MOS 存储器的硅晶圆的质量不是一个问题。请记住，这是一个相对的比较。

首先，硅（元素符号：Si）是第四主族元素，如图 6-1-1 中的短周期表所示。同一组包括碳（元素符号：C）和锗（元素符号：Ge）。

I	II	III	IV	V	VI	VII	VIII
H							He
Li	Be	B	C	N	O	F	Ne
Na	Mg	Al	Si	P	S	Cl	Ar
K	Ca	Ga	Ge	As	Se	Br	Kr

短周期表内的硅（图 6-1-1）

在讲如何制作硅单晶之前，首先来讲一下用于制造硅单晶的原材料。现在，硅被普遍用作半导体材料，但一开始用的并不是硅。如 2-6 节所述，使用了锗，一种与硅同属第四主族的元素。改用硅的原因很简单，因为硅是地球表面非常丰富的元素（有一个衡量标准叫作克拉克值[二]），而且其氧化膜很稳定。

▶▶ 硅晶圆

图 6-1-2 显示了一张硅晶圆[三]的照片。可以看出，晶圆是圆形的。晶片的直径和厚度

[一] 硅晶片：有时称为单晶片。这个词的起源与切片火腿等情况相同。半导体行业开始于美国，所以许多名字都是英文。

[二] 克拉克值：衡量一元素在地壳中存在的比例，硅被认为是仅次于氧的第二大元素。

[三] 硅晶圆：硅半导体中使用的形状是圆形。在晶体太阳能电池中，可以使用矩形或将矩形的四个角截断的形状。

由 SEMI$^{\ominus}$ 标准确定。

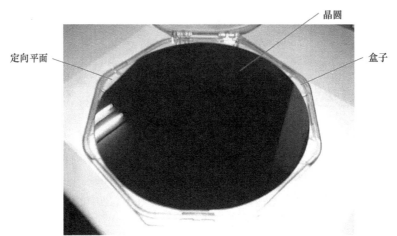

注）左边的白色区域是天花板上日光灯的反射，晶圆表面是镜面抛光的。

晶圆的照片（图 6-1-2）

最初，晶圆的单位是英寸，但后来大于 5 英寸的晶圆则以毫米（mm）为单位。然而，由于到目前为止，在专业期刊和报纸中使用英寸作为单位，我们也决定使用英寸，以避免混淆。换句话说，5 英寸对应 125mm 晶圆，6 英寸对应 150mm 晶圆，8 英寸对应 200mm 晶圆。

术语"Wafer"也有不同的用法，但为了避免混淆，本书将其写成"晶圆"。Wafer 也是一种薄薄的饼干状食品，与冰激凌一起食用，即威化饼。

▶▶ 高纯度多晶硅

首先来解释一下术语。多晶体是指各种单晶体通过晶界连接的物体。当然，单晶是指相同方向上连续结晶的物体。

硅在地壳中很丰富，但不是以硅的形式，而是以氧化物的形式存在，即二氧化硅。这种形式更稳定，因为硅更容易被氧化。硅片的生产从开采二氧化硅开始，通过碳还原法将其还原为金属硅，然后提炼成多晶硅。然后，这些多晶硅被提炼到 11 个 9 的高纯度（99.999999999%，因 11 个 9 排列而得名）。

$\ominus$　SEMI（Semiconductor Equipment and Materials International）国际半导体产业协会：日本分会的网站是 www.semi.org/jp。

图 6-1-3 显示了多晶硅制造的流程示意图。这种方法被称为 Siemens（西门子）方法，由德国的 Siemens 开发。首先，金属硅（又称结晶硅或工业硅，其主要用途是作为非铁基合金的添加剂）通过流化床反应（约 300℃）转化为一种叫作三氯硅烷的气体（化学式：$SiHCl_3$），然后用蒸馏塔进行净化。三氯硅烷在西门子（Siemens）炉中通过氢气还原成多晶硅，在西门子炉中，硅芯（薄硅棒）被电加热以沉淀出多晶硅。硅被转化为气体，在一个密闭的罐子里经过一段时间沉积在高纯度的薄硅棒上，最大程度上防止不纯物的混入。高纯度的多晶硅棒就是通过这种方式获得的。

SiO₂　　　　金属硅　　　　硅基气体　　　　多晶硅棒

注：该方法被称为Siemens法。

多晶硅的制造原理图（图 6-1-3）

6-2 不同的硅晶圆制造方法

本节介绍了实际的硅晶圆制造过程。用于功率半导体的硅晶圆制造方法与一般使用的硅晶圆不同。

▶▶ 硅晶圆的两种制造方法

本节解释了单晶硅是如何制成的。主要有两类方法：Chokoralsky 法 [注]和浮动区法。目前用于 LSI 的硅片几乎都是用前一种方法生产的。

相反，浮动区法用于生产功率半导体晶圆。其中一个原因是，Chokoralsky 法需要较大直径的晶片，而浮动区法对这种晶片的需求较少。这两种方法的起始材料都是高纯度的多晶硅。

▶▶ Chokoralsky 法

如图 6-2-1 所示，Chokoralsky 方法是将晶体排列一致的籽晶浸入上述高纯度多晶硅的

[注] Chokoralsky：人名，此人生于波兰。他并没有设计出制造单晶硅的方法，而是将他的方法应用于硅。

熔融溶液中，慢慢拉起籽晶和晶体排列一致的固液界面的硅晶体。因此，这也被称为拉升法。然后用线锯将硅晶体切割成硅片。

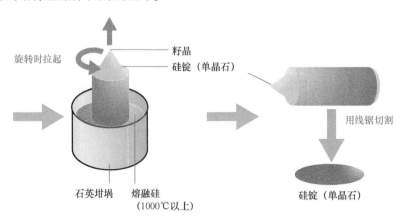

用 Cz 法制造硅晶片的示意图（图 6-2-1）

由于硅本身是一种本征半导体[⊖]，作为载流子的杂质是在熔化硅时根据需要添加的。作为参考，图 6-2-2 显示了使用 Chokoralsky 方法的晶圆直径的转变。12 英寸晶圆已经投入实际使用，而下一个 16 英寸晶圆正在研讨中。在这种方法中，高纯度多晶硅在石英坩埚中高温熔化，因此氧气从石英坩埚中析出，硅片中含有少量的氧气，但这并没有达到导致半导体设备问题的水平。通过石英坩埚的尺寸、旋转次数和拉升速度的调整，都可以得到更大的直径。

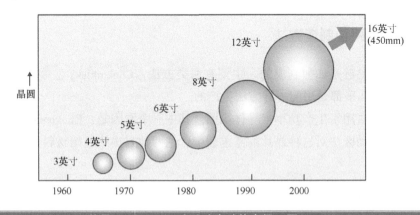

使用 Chokoralsky 方法改变硅片直径（图 6-2-2）

⊖ 真性半导体：具有一定载流子密度的半导体，但作为半导体设备使用的载流子密度较低。

浮动区法

浮动区法是由 Siemens、Dow Corning 和 GE 在 20 世纪 50 年代和 60 年代根据贝尔实验室开发的区熔化法开发的。原材料高纯度多晶硅被制成棒状，在棒的末端连接一个具有均匀晶体排列的种子晶体，通过安装在外围的 RF 射频线圈进行感应并加热熔化一部分多晶硅，熔化的部分随着时间的推移在整个高纯度多晶硅上移动，然后被移动到种子晶体。这是一种在同一方向上的单晶化方法，如图 6-2-3 所示。当然，它随后也被切割成硅片。

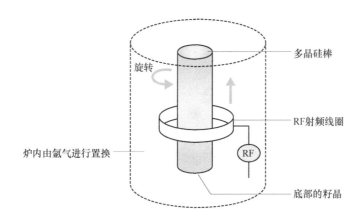

用浮动区法制造硅片的示意图（图 6-2-3）

这种方法的优点是它不像 Chokoralsky 方法那样使用石英坩埚，所以氧气和重金属污染较少，但由于用 RF 射频线圈加热整个直径方向的过程，它不适合较大直径的晶片。因此，用于功率半导体的主要晶圆不是 CMOS 或存储器的晶圆，而是功率半导体专门的晶圆。前者有时根据其首字母被称为 CZ 方法，后者被称为 FZ 方法。这个符号将在本书中使用。如上所述，GE、Siemens 和其他全球电子制造商最初参与了单晶硅的开发。下一节将更详细地讨论 FZ 方法。

应该指出的是，为了避免误解，FZ 晶圆在功率半导体中的使用频率只是相对而言的，CZ 晶圆也被用于功率半导体的低压产品。

6-3 与存储器和逻辑电路不同的 FZ 结晶

本节将进一步说明如何使用浮动区方法制造硅晶片。

▶▶ **实际的FZ硅晶体制造方法**

比图6-2-3更详细的图示见图6-3-1。如上一节所述，多晶硅棒被置于炉内，炉内被氩气（Ar）取代。在这里，安装在棒子圆周的RF射频线圈在棒子旋转的同时被慢慢拉起。注意，为方便起见，图中显示的是多晶硅棒向下移动。当棒的末端被RF射频线圈的感应加热熔化时，如图6-3-1（A）所示，棒的下端连接着一个籽晶。这导致晶体的方向与籽晶的方向相同。然后挤压杆子以释放错位⊖，如图6-3-1（B）所示。这也是通过CZ方法完成的，被称为Dash Necking（尽管在图中被省略了）。然后，多晶硅在线圈中通过感应加热熔化，成为单晶硅，如图6-3-1（C）所示。在这种情况下，通过调整移动速度和射频输出来控制晶圆直径。

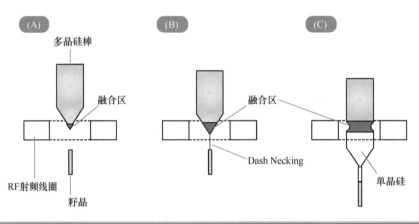

用FZ法制造硅片的示意图，第二部分（图6-3-1）

这样做的好处如下：

①没有使用石英坩埚，因此可以保持较低的氧气水平。
②可以制造出高电阻和高纯度的晶圆。

然而，由于只有部分棒材始终处于高温状态，热变形增加，单晶中的位错密度被认为比CZ方法要高。

⊖ 错位：用一句话来说，它是一种晶体的"错位"。

▶▶ FZ 结晶的大直径化

目前使用 FZ 方法生产直径达 8 英寸的硅片。从历史上看，在 20 世纪 70 年代末生产了 2 英寸的晶圆，在 20 世纪 80 年代初生产了 3 英寸晶圆，90 年代末开始转向 4 英寸晶圆，进入 21 世纪，转向 6 英寸晶圆。到 20 世纪 90 年代末，用 CZ 方法制造的硅片是 12 英寸（300mm），所以读者可以看到，硅片的直径有很大的不同。笔者只见过 2 英寸的晶圆，但使用的第一个晶圆是 3 英寸的。之前从 3 英寸晶圆转换到 5 英寸晶圆时，笔者很惊讶，因为晶圆几乎大了一倍，用镊子抓取都很困难。

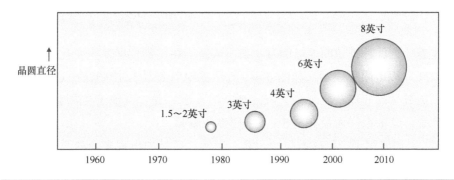

使用 FZ 方法改变硅片直径（图 6-3-2）

6-4 为什么需要 FZ 晶体？

本节解释了为什么 FZ 晶圆被用于功率半导体。偏析现象是这方面的关键。

▶▶ 偏析是什么？

在 CZ 方法中，当单晶硅被拉起时，会发生一种叫作偏析的现象。偏析是指当单晶硅被拉起时，融入晶体的杂质浓度达到一定比例，这取决于杂质的类型，没有融入晶体的杂质在固液界面上形成高浓度层。这进一步增大了剩余液相中的杂质浓度，导致杂质在单晶硅生长方向的浓度分布。这种现象被称为偏析，可被视为固液界面上晶体生长的一个缺点。

如图 6-4-1 左侧所示，在一定温度下，液相中的杂质浓度高于固相中的杂质。因此，在用 CZ 方法拉起的硅锭中，杂质浓度在生长方向上有变化，如图 6-4-1 的右侧所示。图中的电阻率与杂质浓度成反比。

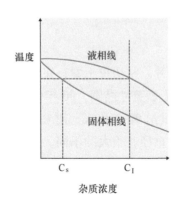
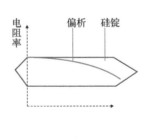

CZ 法的单晶硅偏析模型（图 6-4-1）

这意味着，当硅片被切割成晶圆时，杂质浓度会在切割位置发生变化，因此晶圆规格要将杂质浓度（以电阻率表示，如图 6-4-1 所示的电气特性）控制在一定范围内。然而，今天用于制造硅片的 n 型杂质（磷）和 p 型杂质（硼）是比其他 V 主族和 III 主族元素偏析更少的元素。这些杂质元素在图 6-1-1 中用颜色编码。

"杂质"一词仅用于指与硅不同的元素，当然，产品中出现多余的元素是不好的，所以被称为"高纯度的杂质"。就像 6.2 节提到的那样，晶圆里会混入氧气。这是因为熔融多晶硅是在石英坩埚中进行的，石英中的氧气多少会有些游离出来。

通过这种方式，n 型和 p 型硅晶圆由硅片制造商交付给半导体制造商，然后由他们制造半导体设备。

▶▶ FZ 法在控制杂质浓度方面的优势

相反，FZ 方法没有这种偏析，因为如上所述，晶体不是在固液界面上生长，而是在整个液相中生长。

此外，技术的进步引起了新的杂质添加方法的使用，这进一步提高了杂质浓度的均匀性。气体掺杂法是一种在单晶生长过程中进行原位掺杂的方法，方法是用射频线圈加热多晶硅棒，将掺杂气体（PH_3：磷化氢，B_2H_6：二硼烷）喷到单晶部位，如图 6-4-2 所示。中子辐照（NTD）法是一种在单晶生长过程中进行原位掺杂的方法。这是一种通过用中子辐照将硅转化为 n 型杂质 P（磷）的方法，引起下式中的核反应：

$$^{30}Si \rightarrow ^{31}Si \rightarrow ^{31}P$$

它用于 n 型晶圆。在功率半导体中，在整个晶圆厚度方向上，都使用具有良好杂质浓度均匀性的 FZ 方法。

▶▶ FZ 硅晶圆的挑战

FZ 方法没有熔化整个多晶硅，而只是熔化其中的一部分，并对其进行单晶处理，与 CZ 方法相比，这对原始多晶硅提出了更严格的要求。换句话说，CZ 方法融化了整个原材料，所以整体质量是统一的。然而，在 FZ 方法中，一部分多晶硅被熔化和单晶化，因此多晶硅被要求在整个过程中具有均匀的质量。这对生产成本有影响。此外，还有一个反复出现的问题，即很难增大直径。

▶▶ 大直径化发展到什么程度了？

在使用硅晶圆的功率半导体的早期，曾有一段时间，它们的直径为 1.5 至 2 英寸，曾几何时，只能生产这种尺寸的硅晶圆。

半导体行业的原则是通过在一块晶圆上生产尽可能多的芯片来降低成本，因此使用大直径的晶圆来生产更多的芯片是有利的。然而，这种做法与 MOS 存储器和 MOS 逻辑不同。在一些功率半导体中，也有一个晶圆即是一个芯片的情况。

现在提供给市场的最大尺寸为 8 英寸，更大直径的产品还没有上市。

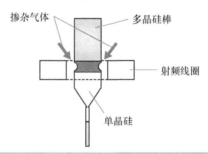

掺杂气体　　　　多晶硅棒

射频线圈

单晶硅

气体掺杂法的示意图（图 6-4-2）

6-5　硅的极限是什么？

最后，让我们看一下硅作为功率半导体材料的局限。

▶▶ 硅的极限

硅是半导体设备中使用最多的基底材料。硅在未来将继续占有最大的份额，但正如 5-2 节中提到的，功率半导体需要新材料。

很久以前，人们对 HEMT（主要是化合物半导体）有很高的期望，因为用硅很难在逻辑电路中实现更高的速度，硅的载流子迁移率比化合物半导体低。然而，随着高集成度技术的发展和微加工技术的进步，硅现在已经成为先进的 MOS LSI 的主要组成部分。如上所述，功率半导体中的硅时代一直在继续。下面将讨论导通电阻和击穿电压之间的关系，这对功率半导体来说是一个课题，在 3-6 节中已做了解释。特别是 MOSFET 结构，使得两者之间很难实现兼容。

▶▶ 原则上耐压性决定硅的极限

另一方面，在功率半导体中，需要具有快速开关速度和高功率容量的器件。降低导通电阻和提高击穿电压对提高速度和功率容量至关重要。然而，如图 6-5-1 所示，在导通电阻和击穿电压之间有一个权衡，而且很难同时实现这两个目标。另一方面，SiC 和 GaN 是宽隙半导体，它们的绝缘击穿电压大约是硅的 10 倍，这一点将在第 8 章中进行讨论。因此，正如图 6-5-2 中与硅一起示意的那样，导通电阻和击穿电压之间的权衡关系保持不变，

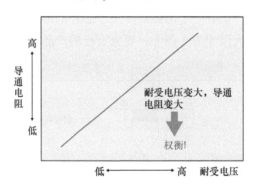

在耐受电压和导通电阻之间进行权衡（图 6-5-1）

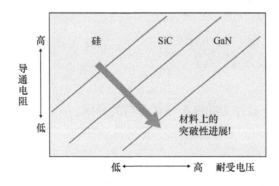

不同材料的耐受电压和导通电阻之间的权衡比较（图 6-5-2）

但由于在相同的击穿电压下可以降低导通电阻，因此可以使用 SiC 和 GaN 的 FET 突破硅的材料限制，并且现在的逆变器开发已经开始运用这些新技术。

这些将在第 8 章中详细讨论。当然，SiC 和 GaN 有各种材料和生产成本问题，这也放在第 8 章中讨论。

最后，为了不引起误解，硅不会从功率半导体中消失。笔者认为，用硅已经达到足够性能的产品还会继续使用硅。那些瞄准高端市场的产品将被 SiC 和 GaN 取代。

第7章

硅功率半导体的发展

本章解释了基于硅材料的功率半导体是如何发展的，并列举了具体实例。

此外，还讨论了当前的问题和对策。

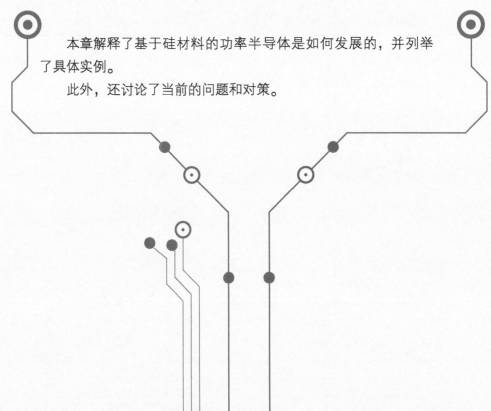

7-1 功率半导体的世代

功率半导体正在经历世代变化。在这里，我们来介绍一下硅功率 MOSFET 和 IGBT 的结构变化，并承接到第 8 章的内容，该章介绍了由新材料制成的 FET。这一章也是为了帮助我们理解出现在专业期刊和其他出版物中的各种术语。

▶▶ 功率半导体的世代是什么？

行业新闻中充满了关于先进 MOS LSI 的世代变化的讨论，如纳米节点的数量和半间距⊖纳米。事实上，在功率半导体领域也正在发生世代变化。在这里，我们来看一下各种例子，并对整个情况做一个鸟瞰。自 20 世纪 70 年代以来，MOSFET 作为功率半导体出现（有些人认为甚至更早）。MOSFET 从水平型变为垂直型，从垂直的平面型（planar）变为沟槽型（trench），该分类如图 7-1-1 所示。

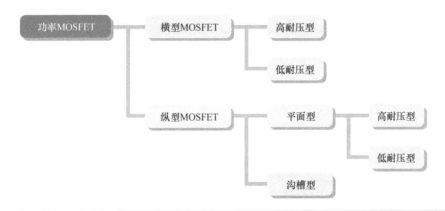

功率 MOSFET 的分类（图 7-1-1）

MOSFET 的结构变化在 3-4 节中得到了解释。尽管功率半导体不像先进的 MOSFET 那样追求微型化，但仍有必要缩小功率转换器的整体尺寸，而且从平面型晶体管到沟槽型晶体管的规模正在缩小，后者更容易实现微型化。图 7-1-2 显示了这一点。这一趋势对于 IGBT 也是如此，这一点将在后面讨论。此外，亚微米功率 MOSFET，即那些尺寸小于

⊖ 纳米节点的数量和半间距：这两个术语都用于表述微型化的进展。数字越小，在微型化方面取得的进展就越大。

1μm 的 MOSFET 也正在出现。然而，先进的 MOSFET 已经达到了几 nm 的数量级，所以微型化的数量级是不同的。

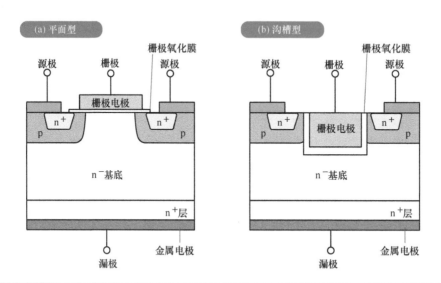

功率 MOSFET 平面型和沟槽型的例子（图 7-1-2）

▶▶ 减少电力损失是指什么？

我们再一次回到功率半导体的原理上。前面已经多次指出，功率半导体是进行"电力转换"的器件。

由于功率半导体将是支持未来环境和能源时代的设备，因此必须减少运行时的功耗，而降低转换过程中的损耗，也就使提高转换效率成为关键。在高速开关领域更是如此，它的损耗更高。

然而，与双极晶体管相比，MOSFET 是电压驱动的，因此其驱动功率很低，但问题是在高速开关时，驱动功率会增加（尽管驱动功率低于双极晶体管）。在 7-7 节中我们还会提到，功率半导体在功率转换过程中损失的是热量，这意味着要用额外的能量来冷却它。因此，问题是如何提高转换效率。

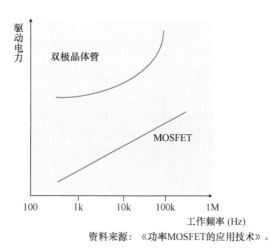

资料来源：《功率MOSFET的应用技术》。

双极晶体管和 MOSFET 的驱动功率（图 7-1-3)

7-2 对 IGBT 的性能要求

作为世代变化的一个例子，在 3-5 节中讨论了功率 MOSFET 的微细化和小型化，本章我们将举例说明从功率 MOSFET 到 IGBT 的演变。

▶▶ MOSFET 的缺点

MOSFET 的主要特点是它们能够实现高速开关，并能以几兆赫（Megahertz）的速度工作。然而，它们不适合高击穿电压，所以它们主要用于几千伏安或更小的中小功率范围。

至于为什么不适合高击穿电压，降低导通电阻的主要方法是增大杂质浓度和缩短通道长度，可以理解为它从构造原理上不适合高击穿电压。

随着功率半导体应用范围的扩大，人们对相对高功率范围内的高速开关有了需求。20世纪 80 年代末，IGBT 出现了。上部为 MOSFET 的 IGBT 执行开关操作，但电流实际上流经下部的双极晶体管，允许流过相对较高的电流并实现较大的击穿电压。

▶▶ IGBT 的世代交替

随着 IGBT 的使用，减少变频器运行时的功率损耗也成为一个问题。虽然在本书中没有详细讨论，但可以说 IGBT 的世代变化正是由如何减少功率损失所驱动的。在其发展中，电力损耗已经减少了约三分之一。图 7-2-1 显示了 IGBT 功率损耗的细目，它是逆变器运行期间由于开关而产生的开关损耗和传导损耗的总和。

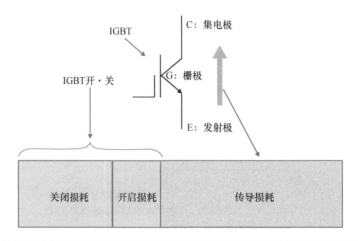

IGBT 功率损耗的细目（图 7-2-1）

其中，开关损耗是与饱和电压⊖的权衡，经常用来描述 IGBT 的性能。图 7-2-2 为原理图。

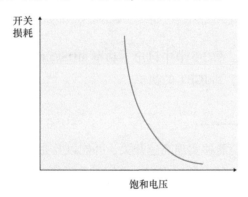

注）IGBT的饱和电压用VCE（sat）表示，关闭开关损耗用EOFF表示。Sat代表的是 Saturation（饱和度）。

饱和电压和开关损耗之间的权衡（图 7-2-2）

7-3 穿透型和非穿透型

接下来，将解释穿透型和非穿透型 IGBT 的例子。这些术语经常出现在行业杂志和专

⊖ 饱和电压：当 IGBT 的双极晶体管开启（导通）并进入饱和区时，发射极和集电极之间的电压。

利中，我们将对此进行说明。

▶▶ 穿透型是什么?

穿透（punch through）是一个通常用于 MOSFET 的术语。它指的是当一个原本通过施加栅极电压开启的 MOSFET 的漏极电压 VD 增加时，漏极的耗尽层变得更大，漏极端的通道消失，电流在源极和漏极之间流动的现象。熟悉 MOSFET 的人对这种现象会很熟悉。可参考图 7-3-1。

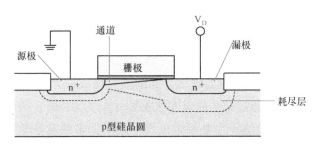

MOSFET 的穿透状态（图 7-3-1）

在 IGBT 中，穿透型意味着当 IGBT 关闭时，耗尽层会延伸到集电极一侧，这种方法是在 20 世纪 80 年代提出的。

该结构如图 7-3-2 所示。在这种情况下，集电层使用了外延生长层，这增加了生产成本。然而，其优点是当器件关闭时，少数载流子会从集电极侧注入基区，从而能够通过重组作用控制寿命。寿命控制意味着在功率半导体的情况下，电流（即载流子的数量）很大，正如我们在之前多次提到的那样。因此，当器件关闭时，就会有载流子富余。

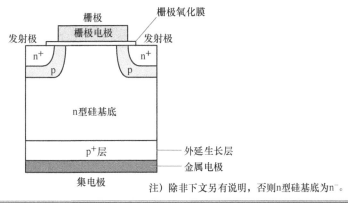

注）除非下文另有说明，否则n型硅基底为n⁻。

穿透型模式图（图 7-3-2）

问题就在于如何处理这些多余的载流子。在这种情况下，是通过从集电极侧注入少数载流子来解决的。这也是与处理数字信号的 MOS LSI 的区别。然而，这也是它不能在高温下驱动的原因。因为在高温下，热激发会产生额外的载流子。

▶▶ **非穿透型是什么？**

穿透型采用外延生长，而非穿透型则与传统的晶圆工艺不同。从 20 世纪 90 年代中期开始生产非穿透式，因为它需要更薄的晶圆和从背面引入杂质。这需要一个晶圆减薄过程和一个背面退火器，在背面注入杂质后进行杂质活化。这些将在第 9 章讨论。使用非穿透式这个术语是因为当 IGBT 关闭时，耗尽层不会延伸到集电极侧。

图 7-3-3 所示为非穿透式的截面示意图（该图的绘制不考虑晶圆厚度方向）。在 n⁻ 层 FZ 晶圆的表面形成发射极、基座和栅极后，晶圆的背面被抛光（很像后续工艺中的背面研磨）至所需的厚度，然后通过抛光的表面注入硼（B）以形成 p 型区，并进行背面退火以激活它。这就成了集电层。这时，P 层浓度没有增大太多的就是非穿透型。虽然没有使用外延生长层，且结晶缺陷少，能抑制成本，但是需要进行背面植入和背面抛光，这部分的生产成本又是一个问题。

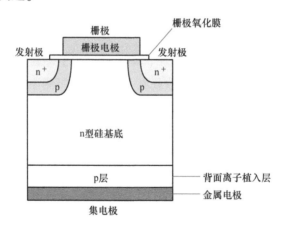

非穿透型模式图（图 7-3-3）

请注意，减薄后的晶圆处理与正常厚度的晶圆处理不同，要使用伯努利卡盘⊖进行非接触处理。

⊖ 伯努利卡盘：利用伯努利原理，通过调整从上方和下方施加在晶圆上的压力来产生一个向上的提升力，以固定晶圆。

穿透型和非穿透型有时分别缩写为 PT 型和 NPT 型。

由于篇幅限制，无法详细讨论制造过程，但在 7-4 节中对其进行了简要描述，包括场截止型（Field Stop），可以结合第 9 章参考。

此外，为了处理大电流，如在功率半导体中，有必要在器件关闭时处理多余的载流子，这使得器件结构更加复杂。

7-4 场截止型（Field Stop）的出现

下一个出现在市场上的是场截止型。这是一种进一步减小导通阻力的巧妙方法。"场截止型"是一个陌生的术语。据笔者所知，这是一个在 IGBT 领域使用的术语。场截止型 IGBT 出现在 2000 年。其目的是减小导通电阻并实现快速开关。事实上，场截止型也出现在笔者描述的 IGBT 的图表中。再看一下图 7-4-1 中复制的平面 IGBT 的横截面。可以看到，n⁺ 层是在集电层（p⁺层）的顶部形成的。这实际上是一个电场停截止型，从字面上看，它可以阻止电场。

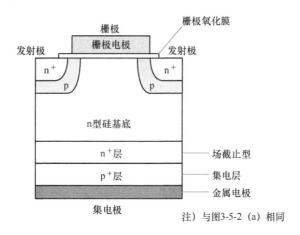

场截止型（图 7-4-1）

场截止型的特点是开关损耗低，因为集电极和发射极之间的饱和电压 V_{CE} 可以在导通状态下降低。

▶▶ 场截止型的制造过程

与非穿透型 IGBT 一样，制造场截止型 IGBT 的方法需要对 FZ 晶圆进行减薄，并从背面引入杂质。这需要一个晶圆减薄过程和一个背面退火过程，以便从背面注入杂质并随后激活杂质。然而，与非穿透型不同的是，在 n⁻ 层 FZ 晶圆的前表面形成发射极、基座和栅极后的植入过程，晶圆的背面被抛光到所需的厚度。在非穿透型中，只有硼，即 p 层，从抛光表面注入，而在场截止型中，磷，即 n⁺ 层，首先注入，然后是硼，即 p⁺ 层。

随后对两种杂质激活类型进行背面退火处理。与非穿透型相比，背面退火过程更加复杂，因为两种不同类型的杂质在相对较厚的区域被激活。

这是一个场截止型 IGBT 特有的过程。如果对制造过程还是没有概念，可以参考图 7-4-2。

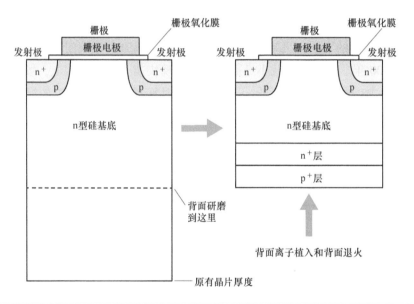

场截止型制造过程示意图（图 7-4-2）

如果在晶圆的背面也需要图案化，就需要一种叫作双面对准器的设备（双面曝光的设备），这在 MOS LSI 制造过程中是不使用的，所以专业的光学制造商也正在进入市场。详情请见 9-4 节。

需要注意，晶圆减薄后的晶圆处理与非穿透型的晶圆处理相同。

IGBT 的制造工艺比 MOSFET 更复杂，或者至少可以说有很大的不同。这一点将在第 9 章中进一步讨论，其中表明有一些方面与正常的半导体工艺，特别是 MOS 工艺不同。

另外，就像穿透型可以标记为 PT 型一样，场截止型也可以缩写为 FS 型。IGBT 的原型通常用下层双极晶体管上的电场和该区域的载流子密度来解释，但这些都留给更专业的书籍，本书仅限于解释这些晶体管的概念和结构的差异。

7-5 探索 IGBT 类型的发展

第 3 章中提到的 IGBT 也有不同的发展变化，在此粗略地介绍一下。首先，与 MOSFET 一样，微型化正在不断取得进展。

▶▶ 从平面型到沟槽型

3-5 节中解释了 IGBT 的结构和工作原理。下面是一个简短的回顾。能够快速开关的 MOSFET 类型，由于结构上的限制，存在着耐受电压低的问题。因此，我们需要一种 MOSFET，即使在相对高的电压下也能高速开关。

IGBT 出现了，从一个大胆的角度来看，它们的结构就像一个功率 MOSFET，其底部连接着一个双极晶体管。在图 3-5-3 中可以看到，硅基底一侧的特点是由三层 p^+n^+n 组成（FS 型），这个 p（$^+$集电极）与 n^+n（基座）和发射极下面的 p 层构成了 p^-n^-p 双极晶体管。然而，从上面的 MOSFET 部分可以看出，这是一种所谓的平面结构，其栅极电极直接形成在硅片上。然而，由于这种结构具有较高的导通电阻，自 20 世纪 90 年代中期以来，平面型已被沟槽型取代，如图 7-5-1 所示。之所以使用"沟槽"这一名称，是因为在硅片上开了一条沟槽，而栅极电极就形成在沟槽中，如图所示。这种结构增大了栅极下的载流子密度，降低了导通电阻。虽然图中没有显示，但已经进一步过渡到更微细的沟槽型。

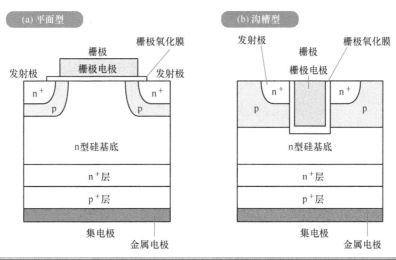

IGBT 结构的平面和沟槽式（图 7-5-1）

▶▶ **更进一步的 IGBT 发展**

此后，各种功率半导体制造商就提出了新的 IGBT 结构。下面是一些著名的例子。东芝使用 IEGT（Injection Enhanced Gate Transistor：注入式增强型栅极晶体管）作为高电压 IGBT。

它通过设计 IGBT 的基极和发射极区域的结构，以增大载流子密度，如图 7-5-2 的载流子密度所示，从而降低导通电阻和导通电压。

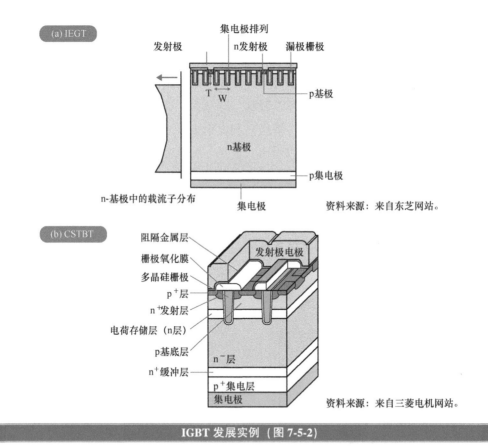

IGBT 发展实例（图 7-5-2）

三菱电机还使用了 CSTBT，它是载流子存储沟槽双极晶体管，Carrier Stored Trench Bipolar Transistor 的缩写，电荷存储层的形成如图所示，使载流子密度接近二极管的导通状态，从而降低了导通电阻。结构如图 7-5-2 所示。

这是 IGBT 的一个问题，需要追求饱和电压⊖和开关损耗之间的平衡。换句话说，正如 7-2 节中提到的，开关损耗随着饱和电压的降低而增加。这里介绍的结构是一个减少两方矛盾的对策，如图 7-5-3 所示。这里介绍的结构只是一小部分，希望它能帮助读者了解 IGBT 的发展。

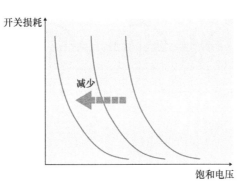

饱和电压和开关损耗（图 7-5-3）

7-6 逐渐 IPM 化的功率半导体

功率半导体没有像 MOSFET 那样的 LSI（Large-Scaled Integrated Circuit：大规模集成电路）的概念（见 1-2 节）。这是一个具有特定功能的集成功率半导体单元。

▶▶ 功率模块是什么？

功率半导体不能单独使用，而必须与控制和保护电路相结合，正如在晶闸管一节中所解释的那样，有些晶闸管在开启和关闭时，需要一个电流传输电路。功率模块背后的想法是结合和整合这些功率半导体以外的电路。

一个例子是上一节中讨论的 IGBT 的模块化。

例如，IGBT 需要一个回流二极管，事先将回流二极管封装好，作为功率模块进行商业化，如图 7-6-1 所示。功率模块的想法在 20 世纪 80 年代开始传播。将其描述成电路的话如图 7-6-2 所示。这个内容也将在第 8 章中讨论，所以请牢记这一点。

⊖ 饱和电压：作为补充说明，这是 IGBT 双极晶体管接通后进入饱和区时发射极和集电极之间的电压，在商品目录和论文中被描述为 VC（Esat）。

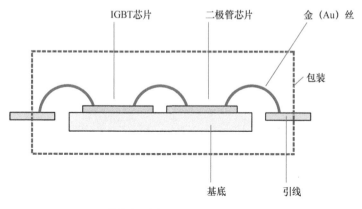

封装为一个整体

功率模块的例子（图 7-6-1）

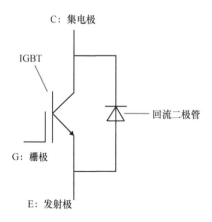

功率模块的例子（图 7-6-2）

▶▶ **IPM** 是什么？

在 20 世纪 90 年代，一种名为 IPM 的功率模块被开发出来——IPM 是 Intelligent Power Module 的缩写。

一些 IGBT 模块具有模块优化的驱动功能，而另一些则具有自我保护和自我判断功能。这样做的好处是用户不再需要设计控制和保护电路，使其更容易使用。然而，对功率模块的规格要求因工作环境而异，如汽车、火车和空调。目前的情况是，功率半导体制造商已经排好了各种 IPM。图 7-6-3 中向我们展示了一些例子。

图片来源：三菱电机公司。

IPM 的例子（图 7-6-3）

这个例子是一个装在盒子里的功率模块，上面集成了一个控制板，然后用环氧树脂包装。也可以看到外部端口，但它们比普通 LSI 的端口要大，因为它们承载的电流很大。可以看一下各种功率半导体制造商的目录。有各种不同的封装尺寸、类型和引脚数量，除了图中所示的例子外，还有 DIP⊖封装。

图中展示的是一个 IGBT 功率模块的例子。IPM 有各种各样的用途，如 4-4 节中介绍的 EV 车用和高耐压用等，也被称为 AS-IPM。AS 是 Application Specific 的缩写，对应于 MOS 逻辑 LSI 中的 ASIC（Application Specific IC）。

正如目前为止我们所解释的那样，功率模块和 IPM 是以一个功率半导体"芯片"为中心，在一个单一的封装中包含其他芯片，如回流二极管。它与 MOS-LSI 的概念不同，后者将具有各种功能的 LSI 及其驱动电路等整合在一个"单芯片"中，以 LSI 为中心。

7-7 冷却与功率半导体

由于功率半导体的损失导致发热，我们将在本节介绍冷却系统的必要性。

⊖ DIP：Dual Inline Pin 的缩写。一种在垂直方向的封装两侧都有外引线的类型。这种类型的 LSI 在过去是主流。

▶▶ 半导体与冷却

半导体和发热密不可分。例如相对较大功率的晶体管在处理时是与散热器一起使用的。在音频放大器和开关电源的输出晶体管后面也可以看到大型散热片。

虽然不是功率半导体，但作为一个身边熟悉的例子，读者是否曾在操作计算机时听到冷却风扇的呼呼声？这是一种在运行过程中产生热量时启动冷却风扇的现象，热量来自多层布线而非晶体管，这是先进逻辑电路中的一个问题。笔者记得在 20 世纪 90 年代中期，笔者第一次看到英特尔奔腾（Pentium）CPU 的包装，上面有一个看起来像散热片的东西。

我们可以直观地理解，这对处理大量电力的功率半导体来说是个大问题。无论功率半导体的效率有多高，一定量的功率会转化为热量。周围容易出现高温，特别是用于高压和电动汽车的功率半导体（包括模块），如 4-5 节所述，这就需要采取进一步的高温对策，根据使用情况的不同问题也不同。本节仅涉及一般措施。

▶▶ 各种各样的冷却措施

传统的例子数不胜数，下面列出了其中的一些。图 7-7-1 中显示了一个散热器的例子。散热器是一块平板，功率半导体安装在上面，产生的热量通过一些散热鳍片从上面散出。散热器可以用风扇强行风冷或水冷。

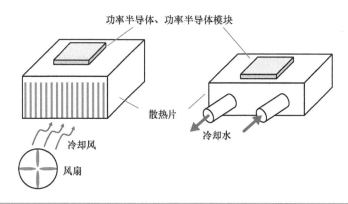

散热器的例子（图 7-7-1）

一些市面上的例子也使用了热管⊖，如图 7-7-2 所示。

⊖ 热管：利用内部工作流体传递热量的装置。

使用散热管的冷却模块的例子（图 7-7-2)

　　当这些功率半导体模块堆放起来或以其他方式聚集使用时，它们可以被内置进盒子里，并通过风扇或热交换器进行冷却。功率半导体与冷却就是如此密不可分。

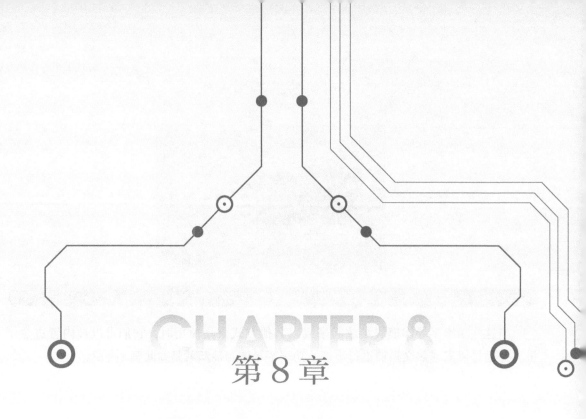

第8章

挑战硅极限的SiC和GaN

本章介绍了使用 SiC 和 GaN 的功率半导体的现状和挑战，它们是硅的替代功率半导体材料。

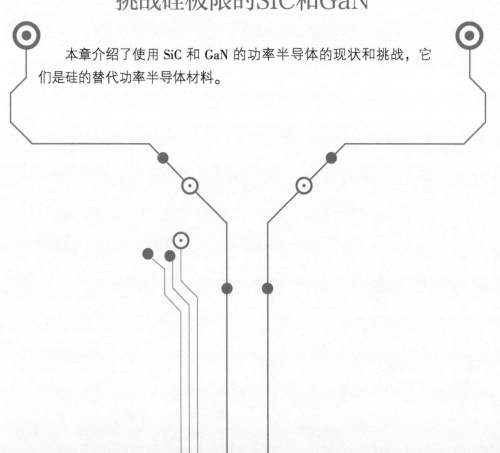

8-1 直径可达 6 英寸的 SiC 晶圆

本节将介绍最近被用于功率半导体的 SiC 晶圆。6 英寸晶圆的大规模生产也有望开始。

▶▶ SiC 是什么？

SiC（碳化硅）的特性是什么？正如在 6-1 节中已经提到的，C（碳）和 Si（硅）是同属第四主族的元素。两者都有相同数量的最外层 4 个电子并形成稳定的共价键。因此，SiC 是一种稳定的化合物，并形成立方单晶，其结构与硅相似。

▶▶ SiC 出现在功率半导体之前

最近，由于担心硅的局限性，SiC 作为一种功率半导体材料引起了人们的注意，虽然之前 SiC 作为一种半导体材料也早已进入人们的视野。这是因为 SiC 与 GaN 等一起被归入宽隙半导体材料的范畴，如下一节所述。

宽隙半导体理解起来稍微有些困难，它也是硅的一种固态特性，是指在价带⊖和导带⊖之间具有较大带隙（称为禁带，意思是没有电子存在的区域）。图 8-1-1 显示了与硅的比较。

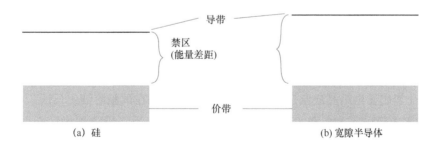

半导体材料和能量间隙的模型图 （图 8-1-1）

本书在解释半导体器件的工作原理时，没有使用能带图，但接下来我们用能带来解释

⊖ 价带：一个充满电子的能带。在这里，电子不能自由移动。

⊖ 导带：电子在其中不受干扰，可以自由移动的能量带。

其物理特性。这使它们具有耐温性，并实现了各种可能的应用。SiC 半导体的应用则是在硅半导体无法胜任的恶劣环境中。例如，用于太空开发的半导体元件，就考虑到了 SiC 半导体的应用。所以我们说，SiC 半导体的历史悠久。

一些功率半导体制造商认为它比 GaN 更可行，这将在下一节讨论，除了 4 英寸之外，6 英寸的大规模生产也即将开始。

▶▶ **拥有不同结晶的 SiC**

SiC 晶体包括立方体晶体，通常被称为 4H 和 6H 晶体，其中 H 代表 Hexagonal，意思是六边形。通常情况下，4H 或 6H 晶体用于功率半导体。目前，4H 似乎是主流。SiC 的基本结构是分层的，相对于晶体的 C 轴⊖有规律地排列。有 4 层的被称为 4H，有 6 层的被称为 6H，如图 8-1-2 所示。

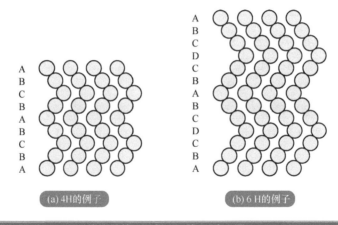

SiC 单结晶的 **4H** 与 **6H** 的区别（图 8-1-2）

在实际生产 SiC 晶圆时，晶圆也被预混进杂质，以提高导电性。SiC 晶圆主要通过升华成长法和升华成长再结晶法制造，不过一些制造商也正在试验溶液生长法。

图 8-1-3 比较了硅、SiC 和 GaN 的各自特性。一般来说，带隙越大，介电强度越大。可以看出，SiC 和 GaN 的带隙比硅的带隙大三倍左右。因此，SiC 和 GaN 的介电击穿电压为 3.0MV/cm，比硅的电压高 10 倍。就击穿电压而言，预计 GaN 将用于 600V 以下，SiC 将用于 600V 以上。

⊖ C 轴：相当于图 8-1-2 中的垂直方向。

	Si	SiC	GaN
带隙 (eV)	1.10	3.36	3.39
电子迁移率 $(cm^2/V \cdot s)$	1350	1000	1000
介电击穿电压 (MV/cm)	0.3	3.0	3.0
饱和电子迁移率 (cm/s)	1×10^7	2×10^7	2×10^7
热导率 $(W/cm \cdot K)$	1.5	4.9	1.3

功率半导体材料的比较（图 8-1-3）

▶▶ 其他 SiC 特性

SiC 作为一种材料也很有趣。它是一种所谓的精细陶瓷材料，由于其强度和耐热性，也被用于半导体制造工艺。例如，干式蚀刻设备的电极，聚焦环以及 CVD 设备的受体⊖等。这个材料的优点是相比传统材料，它可以在更高的温度下使用，这使得它可以成为有趣且应用广泛的电子材料。

8-2 SiC 的优点和挑战

SiC 因其比硅更高的击穿电压而备受关注，但作为一种功率半导体，除了 SiC 晶圆的价格外，我们还将解释其在技术方面的课题。

▶▶ SiC 的优点

SiC 作为功率半导体材料的优势可以具体看出：SiC 已经以 MOSFET 的形式投入实际使用。而尽管与硅有一些区别，SiC 也可以沿用硅 MOSFET 工艺。另一方面，SiC 的缺点之一是很难像硅那样创造各种杂质区和类似 IGBT 的结构。

SiC 的另一个优点是，它的介电击穿电压是硅的 10 倍，如图 8-1-3 所示。这意味着介电击穿电压的低杂质区域的厚度可以减小到 1/10，这样器件可以做得更小，如图 8-2-1 显示。

⊖ 受体：在沉积过程中放置硅片的一个类似桌子的平台。

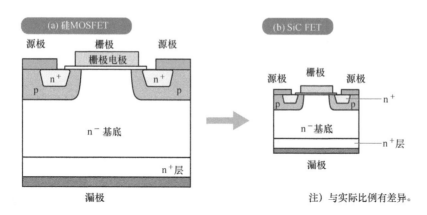

通过改变材料实现功率半导体的小型化（图 8-2-1）

另一方面，从不同的角度来看，在相同的尺寸下，击穿电压可以实现 10 倍的增长，使其适用于高功率、高速度的开关。此外，更高的热阻使其能够在高温下运行。

▶▶ SiC 的 FET 结构

与硅功率 MOSFET 一样，SiC FET 也携带大电流，因此其结构允许电流沿基底方向垂直流动。图 8-2-2 是一个 SiC FET 的原理图，其结构与双扩散型 MOSFET 相对应。由于采用了相同的结构，就不难理解，为什么它可以继续沿用硅 MOSFET 工艺，并成为其优点之一。

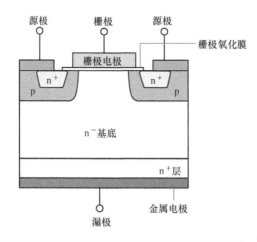

平面 SiC FET 的示意图（图 8-2-2）

另一方面，如图 8-2-3 所示，沟槽式结构也正在被投入实际使用，目的是进一步小型化。这也与硅 MOSFET 的发展方向相同。

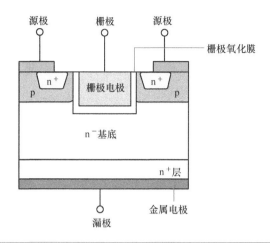

沟槽式 SiC FET 的示意图（图 8-2-3）

▶▶ **许多挑战**

然而，也存在着一些挑战，其中一个就是导通电阻。到目前为止，SiC 功率 MOSFET 原型的导通电阻仍然大大高于理论上限。

其中一个原因可能是 SiO_2/SiC 接口不像硅 MOSFET 中的 SiO_2/Si 接口那样有几个界面层⊖。如图 8-2-4 中所显示的 SiO_2/Si 接口模型图那样，SiO_2/SiC 界面可能有更多的悬空键。

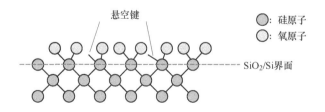

SiO_2/Si 界面的模型（图 8-2-4）

另一方面，上述原因仍被认为是由于信道流动性低造成的。目前，典型的 SiC 晶体是被称为 4H 的六边形晶体，但即使在同一个 4H 中，不同的晶体平面也有不同的通道流动性，这是未来的一个课题。

⊖ 界面层是在半导体和绝缘膜之间的界面上形成的，捕获（捕捉）载流子，从而使器件特性下降。

8-3 朝着实用化发展的 SiC 变频器

如上一节所述，SiC 作为一种可以代替硅的材料，正在引起人们的注意。本节我们将介绍 SiC 功率半导体代替硅的实际应用案例。

▶▶ SiC 的应用

SiC 的另一个优势是其高耐热性。这一优势在车辆内部受到高温影响的地方特别有用。这里给出了一个考虑到热阻的电动车电动机的逆变器的例子。如 4-4 节所述，在电动车中，车辆的电源是电池，它是一种直流电源。电源首先由转换器升压，然后由逆变器转换为三相交流电供感应电动机使用。4-4 节中解释了升压和降压的必要性，这里我们讲一下升压和降压的实际原理和电路，见图 8-3-1。

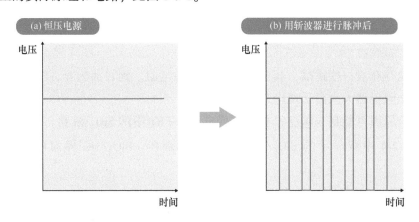

(a) 恒压电源　　　　(b) 用斩波器进行脉冲后

升压和降压斩波器的原理（图 8-3-1）

首先，如图 8-3-1 所示，利用晶体管或类似装置的开关作用，由斩波器将直流电压转换为脉冲电压。斩波器这个词来自空手道的斩击，它实际上是将直流电压分成小块进行脉冲。下一节我们来介绍这种脉冲直流电压被降压和升压的情况。

在降压斩波器中，当晶体管开启（导通）时，负载与高压电源（EH）相连；关闭时，通过一个二极管与低压电源（电压 EL）相连。当晶体管开启时，电流流经图 8-3-2（a）左侧的电路；当它关闭时，电流流经图中右侧的电路。通过改变开和关之间的时间比例（占空比），可以将电压转换得比电源更低。

在升压的情况下，由于篇幅原因在此不做赘述，同样的过程是通过改变开/关比率来实现预期电压。简而言之，读者需要明白的是，功率半导体的快速开关操作在此可以得到很好的利用。在降压和升压的情况下，高压电源和低压电源的分布会发生变化，如图 8-3-2 所示。

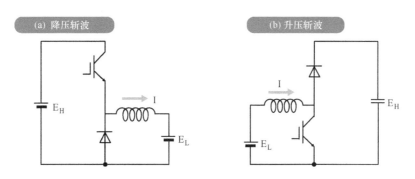

用于电压转换的斩波器电路示例（图 8-3-2）

另一方面，使用 SiC 逆变器进行交流转换的情况如图 8-3-3 所示。使用图中所示的电路将直流电源转换为三相交流电，以驱动感应电动机。为方便起见，这里显示的例子使用硅 IGBT。加入的二极管被称为"回流二极管"，用于在 IGBT 关闭时返回多余的电流。在 IGBT 部分没有介绍这一点，所以在此进行补充。IGBT 和二极管的组合被转换为 SiC（或者被 SiC 化）。

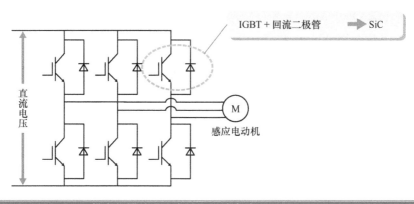

带变频器的感应电动机驱动电路图（图 8-3-3）

最后一点是 SiC 和硅之间的划分，可参考图 8-3-4 的描述，SiC 覆盖了硅无法涉足的领域。GaN 也一样，接下来我们将对其进行讨论。

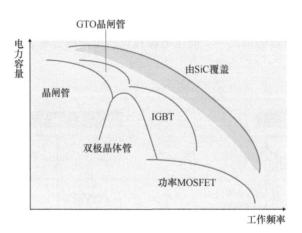

资料来源：根据各种文件编写。

GaN 晶圆的异质性（图 8-3-4）

8-4 GaN 晶圆的难点：什么是异质外延？

本节介绍了 GaN，最近它与 SiC 一起在功率半导体方面引起了人们的注意。

▶▶ GaN 是什么？

在氮化镓（GaN）中，Ga 是来自短周期表第三主族的元素，N 来自第五主族。参考图 6-1-1，GaN 是化合物半导体 III~V 主族的成员。如图 8-1-3 所示，它有一个 3.39 eV 的大带隙（band gap），与 SiC 相似。

GaN 因获得诺贝尔物理学奖的蓝色半导体激光器而闻名。蓝光刻录机也使用 GaN 激光器。氮化镓（GaN）半导体是 21 世纪先进信息社会必不可少的半导体材料，是蓝色和绿色发光二极管、紫色激光器、紫外线传感器、超高频功率晶体管、高效电力转换元件和耐环境元件。

同样值得注意的是，氮化镓（GaN）是一种无毒的材料，被称为是用来取代传统化合物半导体的材料。

▶▶ 如何制造 GaN 单晶？

用于实际功率半导体的 GaN 晶圆不符合工业基准，因为单个 GaN 晶圆直径只能勉强达到 2 英寸左右。

因此，采用了在硅片上异质外延生长 GaN 的方法。关于外延生长的更多信息，见9-3 节。

正常的外延生长被称为同向外延生长。homo 这个词的意思是"同质"。Hetero 是指异质性。不过这只是一个关于异质外延生长的术语，外延生长通常指的是同质外延生长。

在同质外延的情况下，由于是相同的硅原子在生长，所以晶格常数是相同的，生长过程中没有变形。然而，在异质外延的情况下，与硅具有不同晶格常数的原子也在生长，这不可避免地会导致扭曲。

图 8-4-1 显示了硅和 GaN 大小不同的晶格常数。形成一个低温缓冲层是关键。换句话说，在硅和 GaN 之间形成一层具有中间晶格常数的材料作为缓冲层。考虑到晶格常数，通常使用的是 AlGaN。

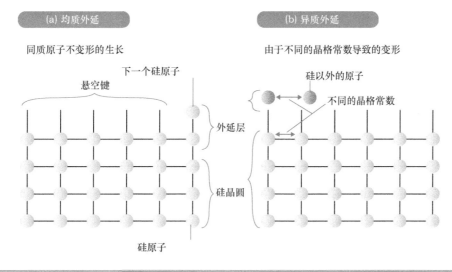

外延生长的模型图（图 8-4-1）

8-5 节中解释了使用 GaN 实际制造功率半导体所涉及的问题。正如这里所解释的，GaN 是在硅基底上异质外延生长的，所以半导体器件的结构也受到了限制。

另一方面，在功率半导体中，在硅片上进行异质外延生长是很常见的。

8-5　GaN 的优势和挑战

与 SiC 一样，GaN 因其比硅更高的击穿电压而受到关注，但也存在着挑战。本节我们将解释氮化镓作为功率半导体器件所面临的技术课题。

▶▶ 设备的挑战是多方面的

就 GaN 而言，人们试图通过将基底材料从硅改为 GaN 来克服硅功率 MOSFET 的材料限制，这其中存在一些差异，但其优点是可以沿用 MOSFET 工艺。另一方面，与 SiC 一样，很难像硅那样通过形成各种杂质区来创造类似 IGBT 的结构。本节将探讨设备方面面临的挑战。

首先，垂直场效应晶体管的结构很难用 GaN 实现。目前公布的 FET 是水平 FET。其原因是来自晶圆结构的限制。如 8-4 节所述，GaN 基底是通过在硅片上的异质外延生长获得的。基本上，在晶圆厚度的方向上很难制作垂直的 FET。

另一方面，一些人正在开发垂直的 FET。从成本上比较，垂直场效应晶体管更加昂贵，因为要使用 GaN 晶圆，当然，优点是输出功率高于 10kW，电流可以在垂直方向上流动。比如说在考虑应用于电动汽车的逆变器时，制造商正在考虑一个未来的概念，即将垂直型用于高电压（高功率）的主单元，水平型用于低电压（低功率）的辅助单元。关于主电动机和辅助电动机的更多信息，请参考 4-4 节。图 8-5-1 中显示了垂直和水平类型的结构。

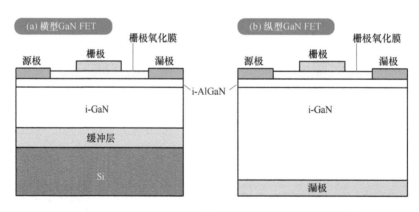

垂直和水平 GaN FET（图 8-5-1）

此处我们再稍做说明，在水平型的情况下，缓冲层被夹在外延层之间，因为外延层是在硅的顶部进行异质生长。图中的 i 型意味着没有人为混入 n 型或 p 型杂质，i 代表 intrinsic（本征区）。图中虽然显示的是 GaN 的情况，但 n 型 AlGaN 也是异质外延生长的，以便与源极和漏极形成欧姆接触⊖。

⊖ 欧姆接触：金属电极和半导体中欧姆定律成立，可导电。反之则是肖特基结。

对于 GaN FET，还存在着器件可靠性的问题。特别是当应用于汽车领域时，它们需要比平时更加可靠。

▶▶ 其他课题

还有一个问题是电流崩溃。这是一种高电压工作时的导通电阻高于低电压工作时的导通电阻的现象，这也是 8-6 节中简要讨论的 GaN HEMT 的一个问题。这被认为是由于在高压操作期间，作为载流子的电子从通道中弹出并被困于半导体区域和表面保护层之间的界面，如图 8-5-2 所示。这是一个必须避免的现象，因为它会造成功率半导体应用时的功率损失。目前正在考虑设计一种表面保护层来解决这一问题。

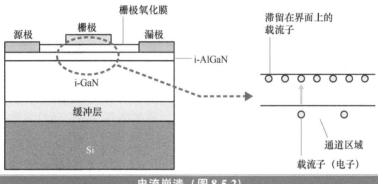

电流崩溃（图 8-5-2）

8-6 GaN 挑战常闭型

这里我们将再次讲解用 GaN 制造功率 MOSFET 的技术挑战。那就是常闭型（Normally-off）。这是仅限于 GaN 的一个课题。

▶▶ 盖子必须关好

首先，什么是常闭型○？正如 3-4 节中提到的，如果读者熟悉 MOSFET，可能对这个词很熟悉，但对于那些不熟悉的人，笔者先简单提一下常开，它们与常闭相反。

常闭型是一个 MOSFET 术语，指的是当没有电压施加到栅极时，MOSFET 被关闭的一

○ 常闭型：常闭型 MOSFET 通常被称为增强型。与此相反，常开型被称为耗竭型。在功率半导体中，晶体管的
开关特性是一个研究主题，因此默认大家都知道这个术语。

种状态。这种状态有时也被称为"关闭"或"覆盖"。

图 8-6-1 是在 MOSFET 亚阈值特性方面的图形表示。

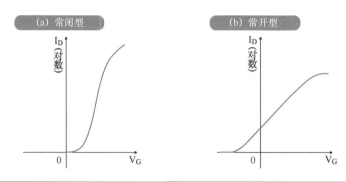

常闭型与常开型的比较（图 8-6-1）

亚阈值特性是横轴上的栅极电压 VG 和纵轴上的漏极电流 ID（导通电流），取对数，表示 MOSFET 的速度。

图上的线越陡，上升就越快。在常闭状态下，栅极电压为 0，还没有被打开。另一方面，在常开模式下，即使栅极电压为 0，MOSFET 仍处于开启状态（漏极电流在流动）。如果 MOSFET 在没有施加栅极电压的情况下被打开，这意味着存在漏极电流，从而导致损耗。

从固态特性来看，GaN 的二维电子气密度比硅高，即电子移动的幅度更大。可以理解为栅极的载流子密度在没有任何作用的情况下增大，自然形成了一个通道。图 8-6-2 中显示了这种对比。

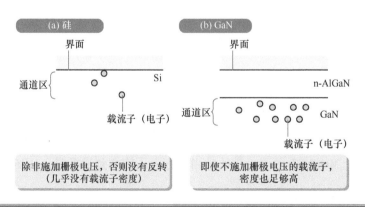

常闭型的机制（图 8-6-2）

▶▶ 常闭型的优点是什么？

高速开关对功率半导体很重要，所以通常使用常闭型。

例如，当 GaN 被用作汽车逆变器的功率半导体时，由于控制电路的简化和故障保险[⊖]原则，一般采用常闭型。当 GaN 被用作直流转换器时，也需要常闭操作。

▶▶ 常闭型对策

由于 GaN FET 自然形成通道的状态，因此不难猜测，一般的结构不足以使其实现常闭操作。换句话说，有必要提高栅极阈值电压，这意味着必须使栅极和形成通道的区域更接近。由此提出了凹陷化这一方案。

图 8-6-3 是凹陷化的结构示意图。这里，在栅极下面的 AlGaN 层中形成了一个凹槽。当然，它也有一个缺点，那就是过程变得更加复杂，所以目前正在进行各种尝试开发。

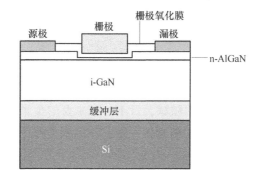

具有凹陷结构的 GaN FET（图 8-6-3）

由于篇幅的限制，作为常闭型的代表，我们只介绍了凹陷化，其实还有很多不同的结构被提了出来。

▶▶ GaN 的魅力

除功率半导体外，GAN 的高速性也被用于生产 HEMT（High Electron Mobility Transistor）的高速晶体管。用于移动 WIMAX[⊖]传输的高速、增幅装置。

⊖ 故障保险（fail safe）：它是安全工程和可靠性工程中的一个术语，用于确保设备、装置和系统始终安全运行（即使它们发生故障或被错误地操作）。

⊖ WIMAX：Worldwide Interoperability for Microwave Access 的缩写。它指的是高速、高容量的移动宽带通信。

·117

GaN 也被用作蓝色发光二极管的材料和用于蓝光读出的短波长激光器（尽管工作原理完全不同）。这样一来，GaN 已经成为一种应用广泛的"当季热销"半导体材料。

8-7 晶圆制造商的动向

本节涵盖了用于功率半导体的 SiC 和 GaN 晶圆制造商的趋势。读者当成阅读材料来读即可。

▶▶ 成本挑战

SiC 晶圆的挑战是晶圆价格。能量产当然最好，但与硅相比，它们仍然很昂贵。很早的时候，一块 4 英寸晶圆的价格约为 30 万日元（约 14880 元人民币）。市场不大，导致价格也没有下降。6 英寸晶圆的大规模生产也被推迟了。连 12 英寸的硅晶圆也没有这么贵。

▶▶ SiC 晶圆业务日新月异

与硅晶圆不同，SiC 晶圆曾经几乎被美国 Cree 公司垄断，但现在许多国家的晶圆制造商已经逐渐显露头角。特别是一些初创企业也正在考虑参与。

另一方面，这是一个十分活跃的领域，日本一家主要的金属制造商（作为硅片制造商而闻名）最近退出了 SiC 硅片的开发和业务发展，并将相关资产移交给一家有竞争力的化学制造商。公司之间的合作也很活跃。

作为一种新的趋势，汽车制造商对使用耐热 SiC IGBT 作为 HV 和 EV 中的逆变器表现出很大兴趣，如 4-4 节所述，日产、丰田等汽车相关制造商正在开发使用 SiC 的功率半导体，并且在内部生产 SiC。随着汽车以及其相关制造商的内部生产，初创公司的参与，半导体正在成为一个具有很大流动性的领域。以上是对 SiC 晶圆现状的零星描述。在硅晶圆发展的早期，也有许多行业参与的身影，但最后只有日本的少数公司留存了下来。我们有必要密切关注未来的趋势。

▶▶ GaN 晶圆的动向

有许多公司参与了 GaN 晶圆业务。实际上，该业务主要是在硅片上进行 GaN 异质外延生长，而不是制造 GaN 晶圆。

现在似乎已经造出 6 英寸的晶圆。然而，最近的主流应用似乎是用于照明的 LED，而不是用于功率半导体。另一方面，汽车制造商和相关公司正在考虑内部生产独立的 GaN 晶圆（纯 GaN 晶圆，而不是异质外延晶圆）。

作为参考，图 8-7-1 显示了在 GaN 晶圆上对功率半导体期待的领域。

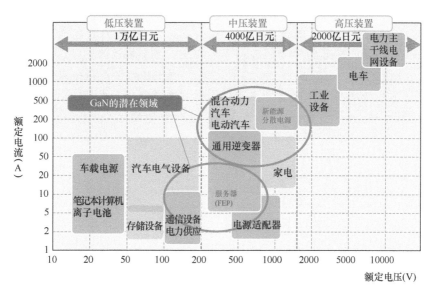

出典：古河电气工业官网

功率器件市场规模和 GaN 应用领域（图 8-7-1）

时代变迁

在此笔者想讲一下与基底材料相关的各种故事，也包括一些过去的事情。正如第 6 章所提到的，多年前半导体制造商就在内部制造硅片，而 Siemens 法和 Dash 网络就是这一过程的成果。在早期阶段，包括在日本，关于晶圆的制造也是由电子制造商最早开始着手的。

后来，其他半导体制造商开始在内部生产晶圆，而笔者工作的公司也在内部生产晶圆。但笔者似乎记得当时

的晶圆工程师更有声望。后来，来自不同领域（化学、金属、机械等）的制造商进入市场，但只有少数公司幸存下来。这种过渡是迅速的。

本章所讨论的 SiC 和 GaN 的应用，特别是在发光器件中的应用，也曾被考虑过。曾几何时，蓝色发光二极管材料的开发是由不同的公司进行的，包括笔者所在的公司，尝试过不同的材料和方法。正如书中提到的，进入 SiC 晶圆市场的厂商数量似乎正在迅速

变化，有一种硅晶圆时代似曾相识的感觉。

在这种情况下，汽车制造商在内部生产 SiC 和 GaN 晶圆的举动，值得关注。

此外，SiC 功率半导体的实际应用也进展迅速。在最近的新闻中，JR 东海在其新的 N700S 列车（S 代表 Supreme）中采用了带有 SiC 元件的驱动模块。原型机已经完成。

该 SiC 元件是与一家日本功率半导体制造商联合开发的。

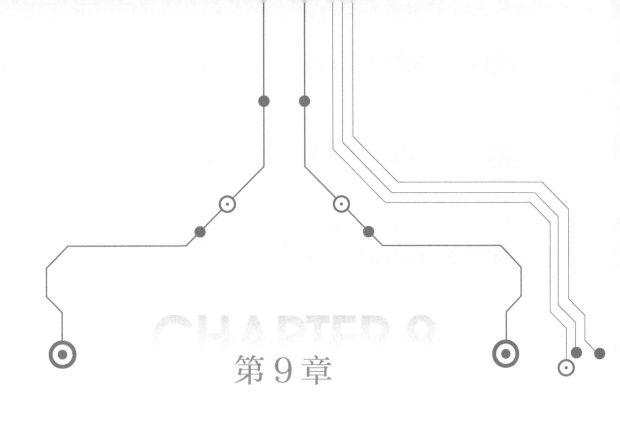

第 9 章

功率半导体制造过程的特征

本章探讨了功率半导体制造的前端工艺（晶圆工艺），特别是与 **MOS LSI** 工艺的比较。由于晶体管结构不同，其制造流程也不同。此外还讨论了后端工艺（装配工艺）的独特特征。

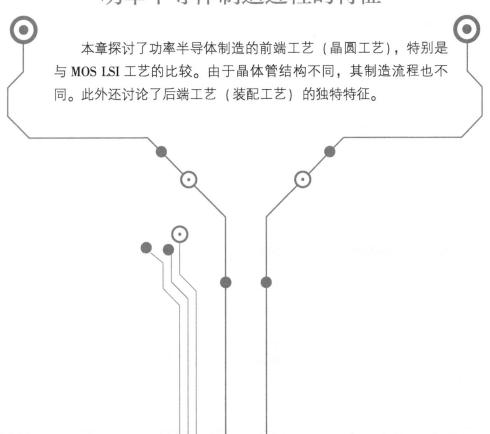

9-1 功率半导体与 MOS LSI 的区别

在开始介绍各种制造工艺之前，必须了解 MOS LSI 以及其中使用的 MOSFET（即 LSI 和晶体管的区别），它是目前高端半导体的主流。

▶▶ 功率半导体要使用整个晶圆吗?

原则上，MOS LSI 和功率半导体都是基于在硅晶圆上制作许多芯片的相同方法，但对于功率半导体来说，也有一个晶圆成为一个芯片的例子。如上所述，功率半导体和 MOS LSI 之间存在着各种不同。在这些差异中，有些知识希望读者知道。

两者在晶体管的工作原理上是相同的，但在 LSI 中使用的 MOSFET 是在低电压和小电流下传输或切断信号，所以晶体管的规格完全不同。如图 9-1-1 所示，使用具有水平结构的晶体管，电流沿水平方向流动。增加电流的唯一方法是在深度方向上扩大载波路径（通道）。相比之下，功率 MOSFET 是垂直的，正如 1-5 节中所讲的，电流在晶圆的垂直方向流动，可以说是使用了整个晶圆的厚度。因此，可以获得一定水平的击穿电压，并且可以流过很大的电流。

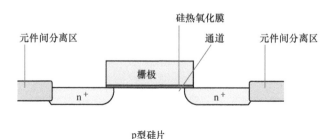

水平式 MOSFET 结构的横截面示意图 （图 9-1-1）

▶▶ 先进的逻辑电路在晶圆的顶部堆叠

相反，在 MOS LSI 中，由于使用了水平 MOSFET，电流只流过硅片表面的一小部分。然而，在先进的 MOS 逻辑电路中，经过各种电路验证后，多层互连成为组合电路模块⊖的

⊖ 组合电路模块：经过操作和电路验证的电路块被称为核心或 IP。IP 是 Intellectual Property 的缩写，在这里应被视为受知识产权保护的电路模块。

主要方式。因此，对于 CMOS⊖高级逻辑电路来说，是一种在晶圆顶部堆叠互连层的形式。这在图 9-1-2 中有所说明。

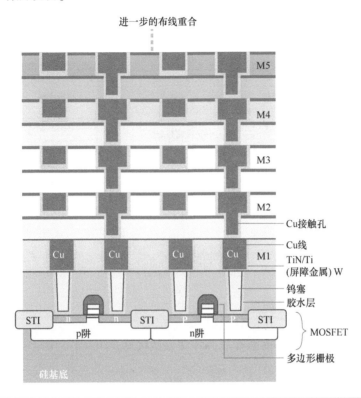

高级 CMOS 逻辑的截面示意图（图 9-1-2）

图 9-1-2 只是作为参考，让读者了解与高级 MOS 逻辑 LSI 的区别，在此可以直观地看到，多层布线过程比晶体管形成要更复杂。

由于这个原因，多层布线过程被称为后端布线。举个例子，高尔夫球场的前端和后端都有 9 个洞，但在 MOS LSI 中，后端更长。

▶▶ 不同结构的电流流动

尽管我们一直是从横截面的角度对比的，但其实即使从二维（平面）角度来看，逻辑中使用的 MOSFET 和功率 MOSFET 的结构也是不同的。这一点在 1-5 节中也提到过，并在

⊖ CMOS：Complementary Metal Semiconductor Oxide 的缩写，其中 n 型和 p 型晶体管的形成，使它们可以作为各自的负载，从而降低功耗。

图 9-1-3 中得到了重新呈现。在前者中，源极和漏极被栅极隔开，而在后者中，源极形成围绕栅极的形状。这拓宽了电流路径，允许更大的电流流动（实际上是流向晶圆底部的漏极电极）。虽然我们简单将其称为 MOS，但也应该知道其中包含了复杂的工艺及结构等。由于这个原因，功率半导体的有些工艺并没有出现在 MOS LSI 中。

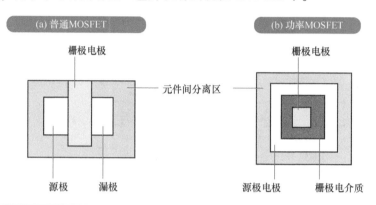

普通 MOSFET 与功率 MOSFET 之间的区别（平面图）（图 9-1-3）

▶▶ 晶体管结构的垂直视图

接下来，让我们从三维角度来看一下（为方便起见，图 9-1-4 中是一个横截面图）。

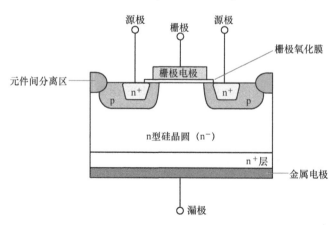

VD 型功率 MOSFET 的示意图（图 9-1-4）

功率 MOSFET 需要承载大的电流和耐受电压，所以通常采用如图 9-1-4 所示的垂直结构，这被称为具有双扩散层的垂直双扩散型。在英语中，它被称为 Vertical Diffusion MOSFET，或简称为 VD-MOSFET。在这里施加栅极电压，图中栅极电极下的 p 层被反转，形成

一个通道，场效应晶体管被接通。

如上所述，功率半导体中的 MOSFET 的结构与 LSI 中的 MOSFET 的结构有很大区别。因此，它们需要一个独特的制造过程。在下一节中，我们将更多地讨论结构上的差异。在 9-3 节之后，我们将讨论各个制造过程。

9-2 结构创新

功率半导体需要一种特殊的结构，从而在导通电阻和击穿电压之间取得平衡。为达成这个目的，这里也需要一个特别的工艺。

▶▶ 丰富多彩的 MOSFET 结构

在上一节中，讨论了用于功率半导体的 MOSFET 的区别。我们现在要看一下其他的差异。MOSFET 一直应用于高速操作，随着应用范围的扩大，出现了各种结构。下面是一些 MOSFET 的例子。例如，有一种结构，如图 9-2-1 所示，在通道部分形成凹槽。如 3-6 节所述，很难同时实现降低导通电阻和改善击穿电压，但为了降低导通电阻，可以通过提高图中 n^+ 层的掺杂浓度来减少 n^+ 层的厚度，但这样做反而会降低击穿电压。因此利用 V 形槽，有效增加了 n^+ 层的厚度，以实现降低导通电阻的同时改善击穿电压。然而，电场集中在 V 形槽的顶端，这又降低了耐受电压，为了避免这种情况，采用 U 形槽的结构，如图 9-2-2 所示。通过这种方式，已经设计了一些创新来改善功率 MOSFET 的导通电阻和耐受电压。

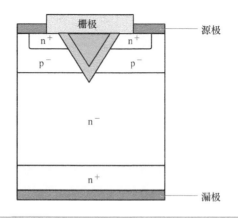

功率 MOSFET 实例——V-Groove 类型（图 9-2-1）

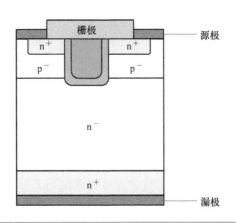

功率 MOSFET 实例——U-Groove 类型（图 9-2-2）

▶▶ V 形槽的形成方法

由于硅的结晶平面存在差异，利用各向异性的蚀刻形成 V 形沟槽。如图 9-2-3 所示，当硅用碱性溶液，例如氢氧化钾（KOH）进行蚀刻时，（100）面的蚀刻速度大于（111）面的蚀刻速度。因此，（111）表面仍然是一个 V 形槽。如图所示，该掩膜是一个氧化硅薄膜（SiO$_2$）。

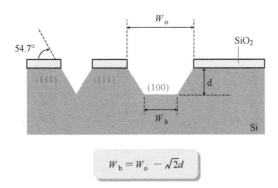

$$W_b = W_o - \sqrt{2}d$$

硅晶体平面的各向异性蚀刻（图 9-2-3）

虽然硅晶体平面的各向异性蚀刻不用于一般的 MOS 工艺，最近却被用于硅 MEMS 领域。

▶▶ 形成 U 形沟槽的方法

如上所述，V 形沟槽容易使电场集中在尖端，U 形沟槽可用于防止这种情况。在这种情况下，采用的是硅的干式蚀刻。反应性离子蚀刻（Reactive Ion Etching：RIE）通常用于 MOS LSI 工艺。MOS LSI 工艺有时也使用浅沟隔离（缩写为 STI）进行器件与器件之间的分离，虽然是一个众所周知的工艺，但我们在图 9-2-4 中还是稍做说明。在图 9-2-4 中使用氯气或氟气与抗蚀剂掩膜进行蚀刻。

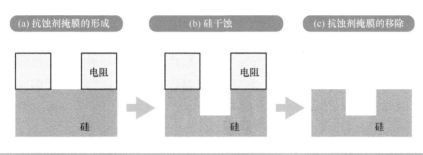

硅 U 形沟槽制作工艺（图 9-2-4）

元件间的分离区是指在晶圆上形成的厚厚的氧化硅膜，以避免各个元件（晶体管）之间的干扰。它类似于稻田里的小路或房屋之间的树篱。为方便起见，有时它可能没有在图中显示出来，但一般来说都会形成。

▶▶ 用于功率半导体的独特结构

同样，我们必须了解面向速度的高级 MOS LSI 的晶体管结构和功率半导体的晶体管结构是完全不同的。下面对此来进行说明。

9-3 广泛使用外延生长

如第 8 章所述，外延生长也被用来制造 SiC 和 GaN 的薄膜晶体，在功率半导体的情况下，还被用来构造器件结构。在这种情况下，是在硅上进行硅的外延生长。

▶▶ 什么是外延生长？

第 8 章讨论了外延生长。同样也作为复习，接下来将对其进行解释说明。外延是希腊语 epi（意思是"在上面"）和 taxis（意思是"对齐"）的复合词，指的是在硅片上生长的硅层与硅片的晶体方向相同。这种情况有时被称为同质外延，因为元素是相同的。使用相同的元素，所以不需要缓冲层。

在过去，它们主要用于双极器件。在双极晶体管中，它被用来在 n 层之上形成更集中的 n⁺ 层，或者反过来，在 p 层之上形成更集中的 p⁺ 层，以降低集电极电阻。

曾经有人主张，作为 CMOS 闩锁措施[○]，外延片对 MOS 器件来说是必要的，但现在已经不再使用外延生长。

通常加入硅基气体[○]和待掺杂的杂质气体（例如 n 型的磷化氢：PH_3，p 型的二硼烷：B_2H_6），并在 1000℃ 或更高的温度下进行加工。

准确地说，上面有外延生长层的晶圆被称为外延晶圆，或者被简称为外延。

至于为什么功率半导体需要进行外延生长，那是因为降低导通电阻是很重要的。

这种外延生长有时被用来减小导通电阻。原因是，杂质浓度和外延层的厚度决定了导通电阻。

例如，在图 9-2-1 中，n⁺ 层是通过外延生长形成的。

▶▶ 外延生长装置

这种外延生长设备与普通半导体生产设备的主要区别是，它有一个能够加热到 1000℃ 或更高温度的加热机制。通常情况下，使用的是高频感应加热。在功率半导体中，晶圆的直径不大，所以以批量型为主导，将多个晶圆放在转盘上的旋转盘型和垂直型（称为 Barrel 型，Barrel 的意思是桶）是主流。

前者的例子见图 9-3-1，后者的例子见图 9-3-2。旋转盘式有时被称为煎饼式或钟罩式，Barrel 式有时被称为圆桶式。

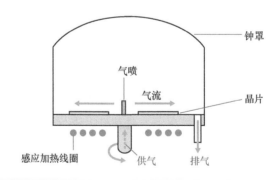

旋转盘外延生长设备的概述（图 9-3-1）

○ CMOS 闩锁措施：针对 CMOS 结构中可能形成的寄生双极晶体管所造成的故障的对策。

○ 硅基气体：含有硅（Si）的气体，主要是硅氢化物或氯化物。前者包括硅烷（SiH_4）和二硅烷（Si_2H_6），而后者包括四氯化硅（$SiCl_4$）。

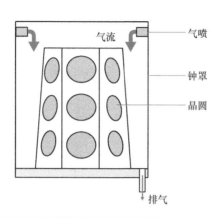

气喷

钟罩

晶圆

气流

排气

垂直外延生长设备的概念图（图 9-3-2）

由于外延生长被广泛用于 IGBT，日本有制造和销售 IGBT 外延生长设备的例子。

如上所述，硅的实际外延生长是在 1000℃ 以上的温度下进行的。在这个过程中，还必须注意硅片在加工过程中的翘曲问题。

外延生长的工艺问题包括：

- 自动掺杂
- 模式转换

自动掺杂是指在晶圆上有一个高度集中的掺杂层，杂质被掺杂到外延层中。即使没有掺杂层，自动掺杂仍会发生，因为晶圆本身就掺杂有 n 型和 p 型杂质。外延层的杂质分布必须在考虑这些因素的情况下设定。

模式转换意味着如果晶圆上存在阶梯形状，外延生长就不会沿着阶梯忠实地发生。这可能是掩膜对准的一个障碍，特别是在平版印刷过程中。这是因为掩膜的对准标记被这种现象所掩盖。

9-4 从背面和正面的曝光过程

7-4 节中简要提到了双面曝光，现在我们来更详细地了解一下。

▶▶ 背面曝光的必要性

如 8-3 节所述，在功率半导体中，诸如回流二极管等器件可以在背面形成。首先我们来解释一下这一点。

在 MOSFET 的情况下，如图 9-4-1 所示，栅极下的 p 层和通往反面漏极的 n^-/n^+ 层形成一个 pn 结二极管，二极管本身就包含在结构中，所以这不是什么大问题。

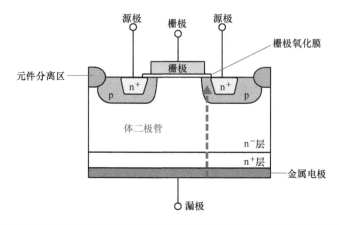

体二极管的示意图（图 9-4-1）

这被称为体二极管；关于 n^- 和 n^+，可见 9-5 节。

当具有 p 型和 n 型区域或结构的上方有布线时，二极管和晶体管会在非预期的位置形成。这些被称为"寄生装置"。上面的体二极管就是这样一个例子。

▶▶ **什么是回流二极管？**

解决这个问题的办法是安装一个回流二极管（简称 FWD）。如图 9-4-2 所示，该系统使用一个二极管来消除多余的载流子。

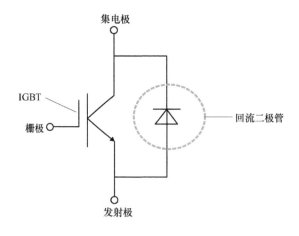

IGBT 上的回流二极管（图 9-4-2）

在功率半导体中，电流非常大，甚至在设备关闭后，发射极侧仍有过量的载流子。多余的载流子通过这个回流二极管返回到集电极侧。由于这是一个二极管，很好地利用了它只能向一个方向流动这一事实，如上所述。

当 IGBT 与回流二极管结合时，IGBT 具有双极结构，因此从背面看它具有 p^+/n^- 结构。如图 9-4-3 所示，如果要将二极管结构纳入其中，请参考图 9-4-1，但为了在发射极下面的 p 区和集电极之间建立一个 pn 结二极管，有必要对 n^+ 区单独进行图案设计。二极管的背面也必须进行光刻印刷。

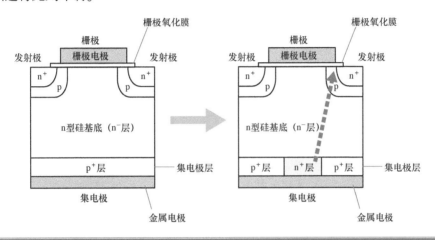

需要在背面进行图案设计的例子 （图 9-4-3）

▶▶ **背面曝光装置**

图 9-4-4 显示了背面曝光系统的示意图。对准器的晶圆卡盘上有一条供光线通过的路径，掩膜上的对准标记首先被物镜检测到，掩膜被对准，然后根据这些信息将硅晶圆卡在晶圆卡盘上，晶圆上的对准标记也被物镜检测，晶圆被对准。然后，晶圆的背面与掩膜对

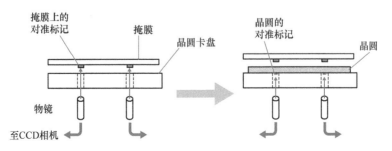

背面走线概念图 （图 9-4-4）

齐。图像由一个 CCD 相机读取。

用这种排列方式进行曝光的设备称为接触曝光（包括近距离曝光），它比目前用于硅 MOS LSI 的缩小投影曝光法要早很多。

换句话说，我们可以说功率半导体的光刻技术已经具有这种水平的分辨率和对准精度。

双面对准器生产设备的制造商不是尼康和佳能等主要的硅半导体光刻设备制造商，而是光学设备和半导体生产设备制造商。

关于对准器的记忆

对准器这个词来源于英文单词 Align，字面意思是对准。它指的是光刻工艺中的接触或接近曝光系统。这是通过将掩膜上的下一个图案与晶圆上的现有图案对齐（称为对齐）并将晶圆曝光来完成的。通过调整 x 轴、y 轴和 θ 轴，使用掩膜上的立体显微镜使两个标记相互对准。

在晶圆下面和掩膜上刻上标记，然后对准这些标记。当然，这都是模式尺寸较为粗略时的事了。虽然可能太粗糙了，但因为是自己调整后再进行对准，如果一下就对准了，还是挺开心的。

那是 40 年前的事了。从那时起，模式变得越来越精细，很多人都知道，我们已经进入了步进器和扫描器的时代。起初，日本曝光机制造商占主导地位，但最近长江后浪推前浪，他们已经被外国制造商赶超。在这种情况下，日本制造商似乎在双面对准器方面做得最好。这里介绍的是在功率半导体方面的应用，但我们也可以延伸思考一下 MEMS 和其他领域的应用。

9-5 背面的活性化

现在谈谈掺杂在背面的杂质的激活问题。我们将从杂质活化的基本原理讲起。在这一节和下一节中，将以场截止型 IGBT 为例进行讲解。

▶▶ 容易被误解的杂质浓度

笔者过去曾对半导体初学者讲过课，经常被误解的地方虽然也做了图解，但有些人误以为划分 n 型区域和 p 型区域，n 型区域就是由 n 型杂质占据。

可能是用颜色区分了这些区域就导致了误解。在现实中，n 型区域主要是硅原子，其中只有一小部分（不到百万分之一）被 n 型原子取代。此外，n^+ 是具有高浓度 n 型原子的区域，而 n^- 是具有低浓度 n 型原子的区域。

▶▶ 杂质活化的例子

场截止型 IBGT 如图 9-5-1 所示。欲了解更多信息，请参考 7-4 节。生产后表面有 p^+/n^- 杂质层的场截止型 IGBT 的方法需要将 FZ 型硅片变薄，并从背面引入杂质。这需要一个称为晶圆减薄的过程，这将在下一节中描述，另外还需要一个背面退火过程，这包括从背面植入杂质和随后的杂质活化。

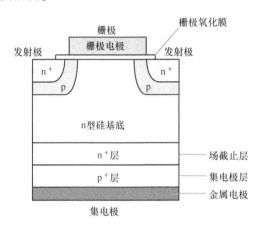

背面激活过程的概念（图 9-5-1）

首先是在 n^- 层 FZ 晶圆表面形成发射极、基座和栅极，并将晶圆背面打磨到所需厚度后的植入过程（这将在 9-6 节中讨论）。在场截止型中，首先植入 P（磷），然后是 B（硼）。这分别称为 n^+ 和 p^+ 区域。当然，n^+ 区域是场截止层。随后，进行背面退火以激活这两种杂质。由于两种不同类型的杂质的激活发生在一个相对较厚的区域，这就使情况变得复杂了。

▶▶ 激活的概念

杂质是用离子注入器植入的。随后的活化是在热处理（退火）装置中进行的，这样植入的磷原子就被硅晶格点所取代，如图 9-5-2 所示。该图只是为了方便起见，磷原子与硅原子的比例与上述有数量级的差异。实际的热处理通过使用石英炉或红外灯退火器进行。最近，也有人尝试使用准分子激光退火设备。

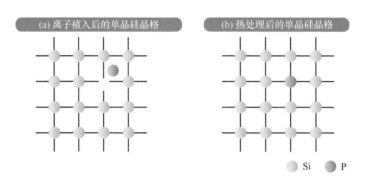

离子注入和热处理后的硅晶体（图 9-5-2）

与普通 MOSFET 相比，IGBT 的制造过程更加复杂，或者说有很大不同。

另外，非穿透式也在晶圆的背面形成杂质层，但在这种情况下，只有 p 型 B（硼）从抛光的表面注入。关于非穿透式的细节，请参考 7-3 节。

▶▶ 激活装置的例子

这里显示了一个红外线灯退火器的例子。如图 9-5-3 所示，使用红外线（波长为 800nm 或更高）灯（例如卤素灯）对晶片进行退火。温度由一个高温计监测。试验室内充满了惰性气体，以防止硅氧化。硅在整个晶圆中吸收红外辐射，导致温度迅速上升，这就是使用 RTA（Rapid Thermal Annealing，快速热退火设备）的原因。

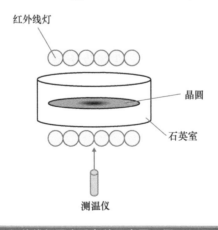

红外线灯退火设备的示意图（图 9-5-3）

图 9-5-3 所示是一个单晶圆系统，一次处理一个晶圆，但每个晶圆的处理时间很短，

所以吞吐量[⊖]没有减少。

9-6 什么是晶圆减薄工艺?

最后我们以场截止型 IGBT 为例，来介绍一下晶圆减薄工艺。

▶▶ 晶圆减薄

如 9-5 节所述，在场截止型的 IGBT 中，晶圆被减薄一次，然后在背面形成一层杂质。见图 9-6-1。在这种情况下，发射极、基极和栅极已经在晶圆的表面形成，必须加以保护。如图 9-6-2 所示，在硅片表面涂上保护树脂，虽然图中没有显示，但硅片被倒置，在背面进行研磨（背面研磨，以下使用此术语）。

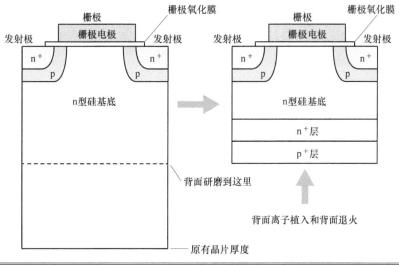

场截止型过程的示意图（图 9-6-1）

晶圆减薄的概念（图 9-6-2）

⊖ 吞吐量：每小时处理的晶圆数量。

▶▶ 什么是背面研磨？

这种反向研磨用于 LSI 过程的后端。

在实践中，含有金刚石磨粒的平面砂轮以约 5000r/min 的速度旋转，使晶圆变薄，如图 9-6-3 所示。保护面通过真空固定在卡盘台上。背面通过以约 5000r/min 的速度旋转的金刚石砂轮进行研磨。然后进一步更换砂轮以进行精磨。之后，留下一个约 1μm 的受损层，用化学方法去除。最近采用了对砂轮进行干磨的处理手法，代替了化学品处理。

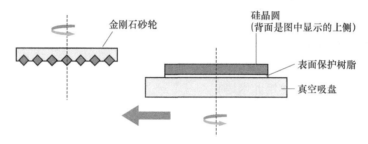

背面研磨过程的示意图（图 9-6-3）

在这之后，所有的背面工艺都完成了，表面保护树脂也被移除。

▶▶ 什么是斜面加工？

编写本书时不确定是不是该把这部分内容放在最后，但我们将在这一节中对其进行解释。

斜面（Bevel）也被称为爬电面，在功率半导体之外，读者可能很少听到这种说法，所以我们来简单解释一下。整个晶圆都用于功率半导体，如上一节所述。图 9-6-4 是整个

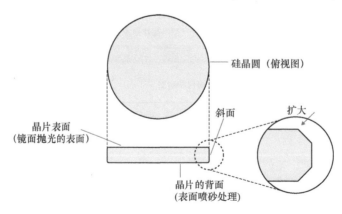

晶圆各部分的名称（图 9-6-4）

晶圆的示意图，这个斜面有一个粗糙的表面。在功率半导体中，斜面是沿晶圆厚度方向使用的，因此有必要用保护膜覆盖这个斜面区域以防止放电，或者将斜面区域进行处理，使其变得光滑和平整。

在外延生长情况下，在功率半导体的制造过程中也会出现沿斜面四角的异常生长（图中的箭头），这被称为冠状。因此，在制造过程中也必须考虑斜面的问题。

上述内容在有关 MOS LSI 工艺的书籍中并不经常提及，因此笔者在此将其列入，以供参考。

9-7 后端和前端流程之间的差异

本章我们简要提及后端程序。熟悉它的读者可以跳过这一节。在进入后端工艺之前，先来介绍半导体的一般后端工艺的简要流程。不同的半导体设备需要不同的后端工艺。

▶▶ 什么是后端工艺?

前端工艺（通常称为晶圆工艺）和后端工艺之间有很大区别。许多前端过程使用化学和物理反应，实际的操作过程也不需要用眼睛观察，只是确认结果即可。而另一方面，后端工艺通常涉及机械加工，如减薄晶圆、将晶圆切割成芯片或焊线，其特点是许多工艺是肉眼可见的。由于这个原因，制造设备与前端工艺使用的设备完全不同，而且工厂往往位于与前端工艺工厂不同的地方。

此外，在机械加工过程中，工艺的工件可以是晶圆、芯片（在后端工艺中称为"模具"，过去称为"平台"）或包装等。然后对加工对象进行机械加工。为此要使用特殊的载流子和夹具。整体工艺流程如图 9-7-1 所示，图中标明了要加工的各个产品。

前端处理是在 1 级洁净室中进行的，而后端处理⊖是在洁净室中进行的（等级低于前端处理），一直到成型阶段。成型后，芯片本身不再暴露于外界，在正常环境下工作。

▶▶ 后端处理中的品控

与前端过程的主要区别是，有缺陷的产品不会被传递到后端过程。有缺陷的芯片如果被送入后端工艺，就不会增加任何价值。因此，有必要确认来自前端工艺的每个芯片的好坏。换句话说，需要给进入后端程序的芯片发放护照，这被称为 KGD（Known Good Die）。

⊖ 后端处理：比前端处理低，工艺的清洁度一般为 1000 级或 10000 级，1000 级需要每小时通风循环几十次。

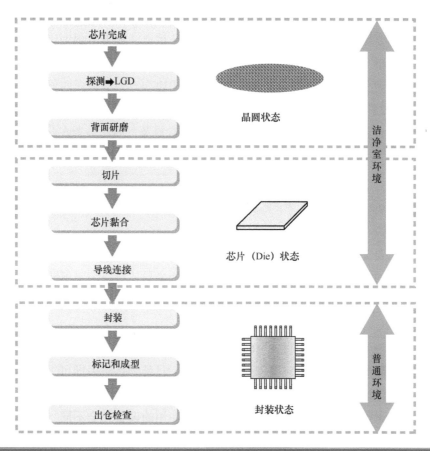

芯片完成

探测→LGD

背面研磨

晶圆状态

切片

芯片黏合

导线连接

芯片（Die）状态

封装

标记和成型

出仓检查

封装状态

洁净室环境

普通环境

工艺流程和作业对象（图 9-7-1）

图 9-7-1 所示的探测过程用来识别好的芯片，只有好的芯片才在切割后被送去成型。探测是指在晶圆状态下，通过将探针放在芯片的焊盘⊖上进行电气特性的测量。

相反，如果在前端处理过程中通过探测来测量晶圆，由于污染问题，晶圆不能被送回洁净室，所以所有的晶圆都会被销毁。在实践中，监测晶圆的质量是为了确定该批次的大致情况。

根据这个结果，决定相关批次是否被销毁，或采取其他措施。图 9-7-2 展示了大致流程。

就功率半导体而言，有时不仅要在晶圆上进行测量，还要在芯片上进行测量，因为要施加大电流并进行测量。当具有统一特性的芯片被收集、并行化和模块化时，这一点尤其

⊖ 焊盘（Pad）：带有针脚的端口。大片区域位于芯片周围。

必要。

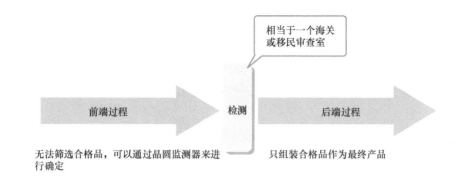

相当于一个海关
或移民审查室

前端过程　　　　　检测　　　　　后端过程

无法筛选合格品，可以通过晶圆监测器来进
行确定

只组装合格品作为最终产品

前端和后端过程之间的界限（图 9-7-2）

▶▶ 后端处理流程是否有区别？

功率半导体和 MOS LSI 在后端处理方面的不同之处在于，正如之前多次提到的那样，功率半导体处理的是高电压和高电流，因此在后端处理方面也需要一些巧思。下面的章节将按照图 9-7-1 所示的顺序介绍这些过程。不过，我们已经在 9-6 节中描述了背面研磨，所以在此省略这个过程。

需要提醒的是，半导体也需要发光器件，对应着有不同的后端工艺，如加工端面或在整体中构造一个发光部分。后端工艺是更接近产品的工艺，所以它可能与前端工艺不同，这取决于半导体设备的类型。

9-8　切片也略有不同

本节涉及功率半导体在切片上与 MOS LSI 的区别。重点是下一代半导体材料的切片工艺。

▶▶ 切片是什么？

首先，简要介绍一下切片（Slicing）的情况。切片是指使用称为切割锯的特殊刀具将晶圆切割成芯片，以便将芯片放入制品中。

在探测之后，晶圆通过背面研磨变薄，然后连接到一个被称为载流子胶带的胶布上。这是为了防止芯片在切割后散开。

晶片是用刀片（20~50μm 厚）切割的，刀片是附着有金刚石颗粒的硬质材料，如图 9-8-1 所示。金刚石刀片以每秒几万转的速度切割硅片，这就产生了摩擦热。因此，切割是在持续的高压纯水喷射下进行的。这种纯水同时也能去除硅屑。

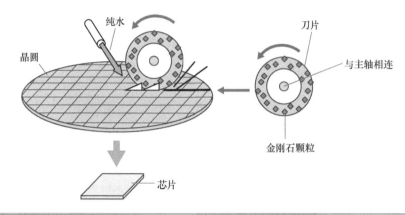

切片的示意图（图9-8-1）

另外，这个载体胶带是由具有良好弹性的聚烯烃基材料制成的，取代了传统的氯乙烯基材料。晶片和胶带用一种黏合剂连接。

另一方面，由于应用纯水引起的静电击穿问题，通常的做法是在纯水中混合二氧化碳气体。图9-8-1显示了这是如何做到的。虽然图中省略了，但晶圆是通过一个特殊的框架粘在带上的。切割过程在这个特殊的框架中进行，因此，切割后的芯片不会散。

有两种类型的切片方法：全切和半切，前者切割整个晶圆，后者切割晶圆至一半的位置，见图9-8-2。

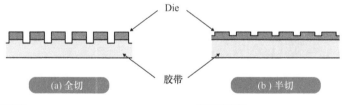

- 切至胶带
- 加工时间较长，但没有模切过程意味着不产生硅屑

- 未切至胶带
- 加工时间较短，但在模切过程中会产生硅屑

切片方法的比较（图9-8-2）

▶▶ 用于 SiC 的切片设备

正如第8章所介绍的那样，目前正在考虑将硅的替代性基底材料用于下一代功率半导体。与此相对，目前世界上已有用于 SiC 的切割设备，在此介绍一下。

- 通过添加超声波进行切片

使用超声波切割锯能处理比硅更硬的 SiC 和 GaN。如图 9-8-3 所示，附着在刀片上的金刚石颗粒在超声波的作用下，能有效地切割较硬的基材。

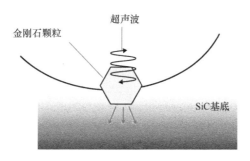

资料来源于disco网站。

带有超声波加成的切割刀片（图 9-8-3)

涉及硅和化合物半导体的切割设备的设备制造商可能有所不同。似乎有两家制造商在开展下一代功率半导体材料的切割设备的业务。

- 激光锯

使用激光而不是刀片切割的切割器正在进入人们的视野。尽管对 SiC 芯片加工的实际应用尚不清楚，但激光模式加工已成为非晶硅太阳能电池等领域的主流，尽管它与半导体材料的芯片加工不同。其优点是没有刀片对加工工具的磨损，相反，根据激光源的不同，激光的维护将是一个问题。

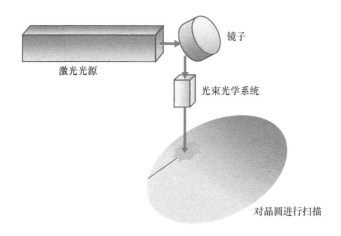

激光切片法的示意图（图 9-8-4)

这种对材料的激光切片被称为激光烧蚀，原则上是一种现象，即一束短波长的激光（具有高能量）照射到固体上，形成分子框架的化学键通过光解反应"爆炸性"地被破坏，见图 9-8-5。

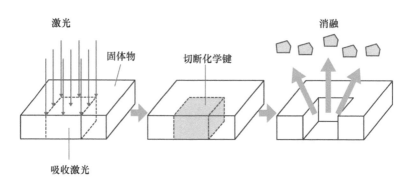

激光 | 固体物 | 切断化学键 | 消融 | 吸收激光

激光烧蚀法的示意图（图 9-8-5）

9-9 芯片黏接的特点

在制造过程中有一种工艺叫作芯片黏接，它将芯片连接到电路板上，在这方面功率半导体也略有不同。本节将对此进行讨论。

▶▶ 什么是芯片黏接？

芯片黏接是指将切割好的芯片固定在基片上，以便之后的封装。它还能进行电接触。在这种情况下，芯片在切割后有时被称为 Die[⊖]。

只有好的芯片才会从切好的晶圆中挑选出来，放在封装的基座上（称为芯片垫），并用黏合剂或其他方式固定。这就是所谓的模具黏接。芯片仍然附着在 9-8 节中描述的载体胶带上，从而保证可以在运输时不会散落。当然，有缺陷的芯片最终会被销毁。首先，用针把好的芯片从底部推上去。浮动的部件被真空吸盘捕获，并转移到框架的模垫上。该过程的流程如图 9-9-1 所示。

⊖ Die：在英语中是 die，复数是 dice；指骰子。芯片有时称为"颗粒"或"Die"是长期形成的习惯，名称也可能因公司而异。

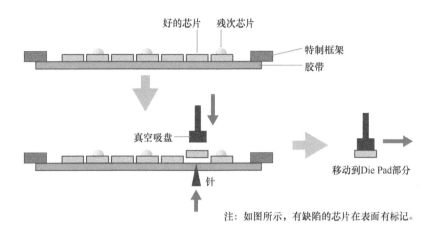

好的芯片　残次芯片

特制框架

胶带

真空吸盘

移动到Die Pad部分

针

注：如图所示，有缺陷的芯片在表面有标记。

芯片黏接前的步骤（图 9-9-1）

▶▶ 功率半导体的黏接工艺

虽然树脂键合和共晶合金键合方法被用于 MOS LSI，但焊接是功率半导体芯片黏接的主流方法。改善焊料的"润湿性"是一个问题，因为在焊料界面产生的空隙和空洞会大大降低产品的可靠性。见图 9-9-2。另外也正在考虑引入预处理过程以改善润湿性。从环境角度来看，无铅焊料也面临着材料方面的挑战。例如，在欧盟，由于 RoHS⊖，自 2006 年 7 月起，铅已被禁止使用在电子元件中。

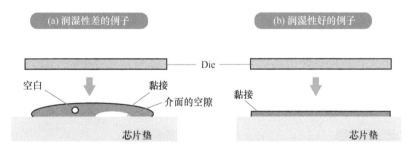

(a) 润湿性差的例子　　　　(b) 润湿性好的例子

Die

空白　黏接

介面的空隙

黏接

芯片垫　　　　芯片垫

芯片黏接问题（图 9-9-2）

就功率半导体而言，还需要更小和更高密度的封装，这意味着必须提高芯片垫的定位精度。这是生产设备的问题，所以我们只在此进行简单介绍。

另外作为参考，芯片黏接有时被称为芯片连接或安装。术语"模具黏接"是指芯片连

⊖ RoHS：Restriction of Hazardous Substances 指令的缩写，限制在欧盟范围内的电子产品中使用某些危险物质。

接和安装的过程。顺便说一下，在目前的切割设备出现之前，上一节提到的切割被称为造粒，笔者听说它是通过用钻石笔做线性划痕来完成的，就像打破一块巧克力。虽然现在说起PC，都觉得是 Personal Computer，但笔者刚进入这个行业的时候，它指的是 Pellet Check。

9-10 用于黏合的导线也较粗

本节涉及功率半导体的导线连接。在功率半导体中，流动的电流比 MOS LSI 晶体管高一个数量级，因此导线也更粗。

▶▶ 什么是焊线？

首先，简单提一下电线接合的问题：读者可能见过 MOS LSI 封装的引线端子像一百双腿一样伸出来。电线键合使用导线将这些引线端子连接到芯片上的 MOS LSI 端口。

这条线通常由金（Au）线形成，可以导电；在 MOS LSI 的情况下，它的厚度最小为15μm。在 MOS LSI 的情况下，直径小到 15μm，比人的头发（100μm）还要细。所用的是99.99%的高纯度黄金。

▶▶ 与引线框架的连接

使用黄金的原因是，它作为一种布线材料稳定且可靠。另外，芯片上的端口被称为黏合垫。引线框架的芯片侧被称为内引线。使用自动焊线机进行焊线，每秒钟可以焊几根线。电视和其他媒体上经常出现半导体工厂的画面，可能有一些人曾经看到过它。

顺便提一下，在自动焊线设备被开发出来之前，是由人工一个一个地进行焊线的。笔者也曾试做过这样的工作。在实际的工厂里，这项工作一般是由一群灵巧的女工进行的。

图 9-10-1 中显示了线装芯片和引线框架的横截面图。

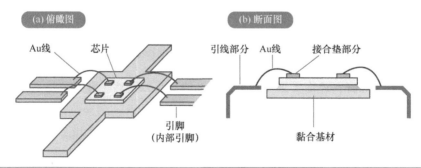

电线黏合的芯片和引线框架的示意图 （图 9-10-1）

正如在 9-7 节中所解释的那样，这个和下面的模塑过程是在洁净室中进行的。

▶▶ 关于铜（Cu）线

由于功率半导体携带高电流，所以不能使用上述的细金线。

较粗的金线也比较昂贵，传统上使用的是铝线和几百 μm 的线。不过也有人试图使用铜（Cu）代替铝，以便传导更多电流。

另一方面，如上所述，很明显，使用金会导致更高的成本，所以现在 MOS LSI 中正在引入使用铜的焊线。使用铜可以减少 1/5～1/3 的成本。在功率半导体的情况下，即使使用铜线，如图 9-10-2 所示，铜线也需要厚 10 倍，所以不能像 MOS LSI 的后端工艺那样使用球状键合。因此，采用了一种叫作楔形键合的方法。

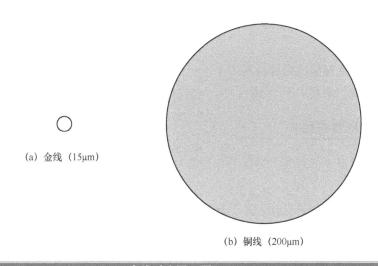

(a) 金线（15μm）

(b) 铜线（200μm）

电线对比图（图 9-10-2）

球状键合这一术语之所以被称为球状键合，是因为在键合之前，金线的尖端被做成了一个球形。

▶▶ 什么是楔形黏接？

楔形黏接是一种通过对导线施加超声波并在室温下用楔子压接导线的方法，如图 9-10-3 所示。楔形黏接已用于传统铝线的黏接。这种方法也可用于黏合厚铜线。

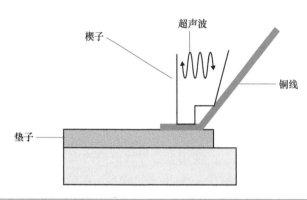

楔子

超声波

铜线

垫子

楔形黏接的示意图（图 9-10-3）

9-11 封装材料也有变化

目前正在考虑将独特的封装材料用于下一代的功率半导体。主要是从耐热性的角度来进行改良。本节我们来看一下与 MOS LSI 封装材料的对比。

▶▶ 什么是封装材料？

首先，要简单提一下封装。一旦芯片的芯片键合和导线键合完成后，就对芯片进行塑封封装。

模压是指用保护性材料封住芯片，这种材料被称为封装材料。芯片就好比鲷鱼烧里的豆沙馅，被外面的面皮盖住。而模塑过程类似于将芯片从上面和下面夹在一个模具中。

▶▶ 制模工艺流程

首先，描述了一个典型的铅框模具。制模工艺流程如图 9-11-1 所示。经过金属丝黏合的芯片和框架被运输并放置在封装的下部模具上，在模具的顶部被合上时，芯片被放置在上下模具的空腔中。在这里，对上层和下层的模具施加压力，以确保它们充分地靠拢。然后用塞子将模具从吊舱推入空腔，并将环氧树脂倒入空腔，将芯片完全包裹起来。

这种成型工艺与晶圆工艺完全不同，给人的印象是"后加工"，由于芯片暴露在开放的空气中，成型过程是在无尘室中进行的。

为了方便说明，图 9-11-1 显示了单个芯片的单一成型过程，但在实际过程中，许多芯片是在一个批次中一起成型的。

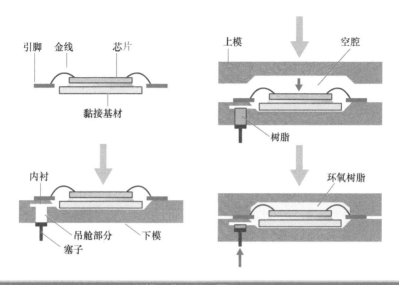

引脚　金线　芯片

黏接基材

上模　空腔

树脂

内衬

吊舱部分　下模
塞子

环氧树脂

制模工艺流程（图 9-11-1）

▶▶ 树脂注入和固化

模具被加热到大约 160~180℃。如图 9-11-1 所示，热固化的环氧树脂被送入模具中形成的空腔中。另一方面，芯片之间的模型下部可以被认为是注入树脂的部分。热熔化的环氧树脂被柱塞通过衬垫推入空腔导体。这种方法被称为移模法。环氧树脂随着温度的下降而固化。脱离模具，让树脂再固化一段时间，成型就完成了。

▶▶ 树脂材料的回顾

最近的一个挑战与电线黏合有关，是使用铜（Cu）作为电线材料。铜比金更容易被腐蚀，所以相应地开发出了不含氯（Cl）的环氧树脂。

接下来介绍下一代功率半导体的情况。作为下一代功率半导体材料的 SiC 和 GaN，预计将有 200℃ 或更高的工作温度，而硅的工作温度为 150℃。这取决于每种半导体材料的带隙，现在人们认为 SiC 和 GaN 可以达到这种程度。

问题是传统树脂材料的耐热性。这是新材料在功率半导体中的一个主要问题。图 9-11-2是纳米复合树脂的一个例子。这是一种纳米复合材料，其中纳米大小的无机材料分散在高度导热的聚硅氧烷有机树脂中。下一代功率半导体的材料将需要更高的工作温度。

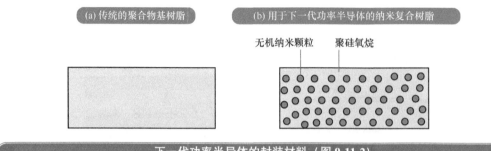

下一代功率半导体的封装材料（图 9-11-2）

如上所述，下一代功率半导体的后端工艺可能会走在各种材料发展的前沿。

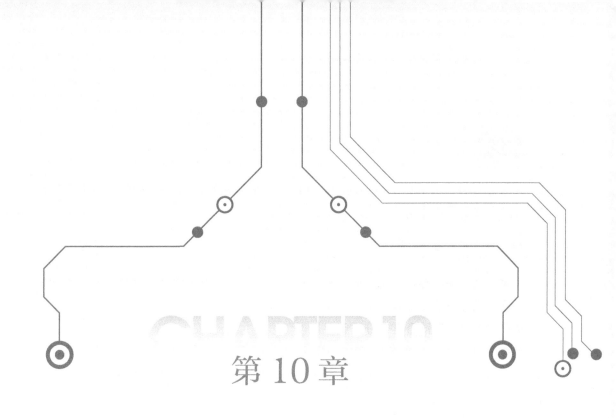

第 10 章

功率半导体开辟绿色能源时代

在最后一章中，我们将讨论由功率半导体开创的 21 世纪绿色能源的话题。这一章可以作为阅读材料来阅读。此外，本章还涉及对功率半导体的期望。

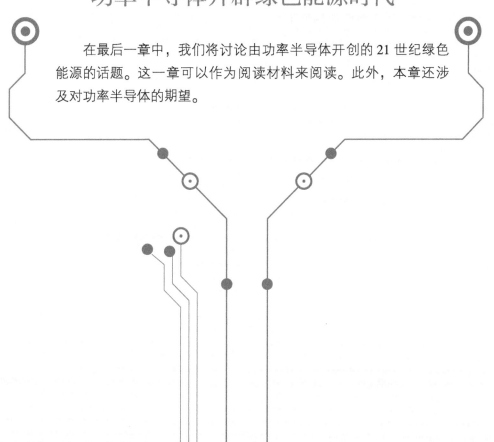

10-1 绿色能源时代与功率半导体

21 世纪也被称为绿色能源的时代。在此，我们以鸟瞰的方式，看看功率半导体从上游到下游发挥了哪些作用。

▶▶ 低碳时代的能源

目前，世界各国都在行动，从太阳能和风能等"可再生能源"，以及高速铁路网络和电网的现代化等清洁能源，到家庭节能，针对这一系列课题进行投资。

从技术上讲，理清重点十分重要。

笔者在图 10-1-1 中总结了当前的关键课题，包括可再生能源的使用、新时代电网、低环境负荷的交通基础设施，以及办公室和家庭的节能。此外，通过这些创造新技术和就业机会是最重要的问题。

▶▶ 电力能源的多样化

最重要的因素是形成的能源网的类型：除了 4-2 节所述的常规发电和输电基础设施外，还需要有各种电能，包括可再生风能、太阳能和其他大规模发电，燃料电池和其他小型电源，甚至是移动电源。不言而喻，这些电力能源将有别于智能电网中的传统基础设施，下文将对此进行介绍。

风力发电站被称为风力发电场，大型光伏装置被称为巨型太阳能电池，这很可能成为时代的关键词。

接下来我们就从上游至下游来俯瞰问题，如图 10-1-1 所示。

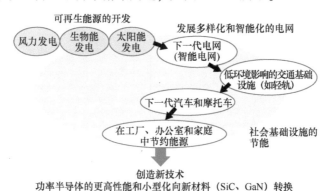

从上游到下游的绿色能源课题（图 10-1-1）

功率半导体需要高性能和小型化，这与器件结构以及向 SiC 和 GaN 等新材料的转换有关，这一点在第 8 章中讨论过。

之前我们介绍了与汽车相关的制造商开始了内部研发。LSI 世界的横向分工越来越细，但在功率半导体领域，以关键材料和关键器件为中心的纵向一体化商业模式才刚刚起步。

10-2 对可再生能源至关重要的功率半导体

我们先重点介绍作为可再生能源代表的超大型太阳能。清洁能源与绿色新政策也是不可或缺的关键词。其中最重要的是太阳能电池。

▶▶ 什么是太阳能电池？

术语"太阳能电池"是英语"solar cell"的常用翻译，人们通常认为它是一种普通的电池，但它与常用的一次或二次电池不同。更准确地说，它被称为太阳光的"光电转换器"。术语"光电转换器"有时被用于专利名称中。

让我们简单地解释一下这种太阳能电池的工作原理。如图 10-2-1 所示，太阳光在半导体的 pn 结附近被吸收（同样，pn 结起着重要的作用），产生的电子和空穴在不同方向被收集，产生电动势，将光能转换为电能。和 4-6 节中讲的发光二极管的 pn 结有着相反的工作方式。

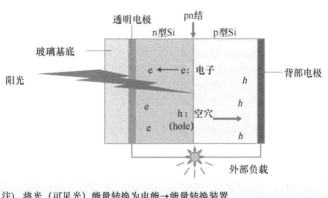

注）将光（可见光）能量转换为电能→能量转换装置
不具备储存功能

太阳能电池的原理（以硅晶体为例）（图 10-2-1）

太阳能电池不像电池那样提前储存电能，只能在需要时使用。因此，由太阳能电池产生的电能被储存在单独安装的蓄电池中。这种大规模的系统就是所谓的巨型太阳能农场。

通过将电池串联排列，太阳能电池产生的电力可以被提取为直流电压电力。这也需要转换为交流电。

▶▶ 功率半导体用于何处？

太阳能发电站即使串联起来，也不能立即作为商业电源使用。因此，必须先升压，并将直流电转换为交流电。这就是 8-3 节中描述的升压电路和变频器发挥作用的地方。这被称为功率调节器，见图 10-2-2。

功率半导体在太阳能电池中的作用（图 10-2-2）

预计应用于工业和住宅的电力调节器的需求将增加，其中有各种制造商已经进入市场。在日本，家用电器、重型电力机械和太阳能电池制造商参与住宅市场，而重型电力机械相关公司和电源设备制造商参与工业市场。其中一些公司生产功率半导体。

▶▶ 巨型太阳能项目

9 家日本电力公司（北海道、东北、东京、中部、北陆、关西、四国、九州和冲绳）已经推出了巨型太阳能计划。值得注意的是，利用太阳能电池以外的自然能源发电的计划也正在进行中，如风力发电。

10-3 智能电网和功率半导体

智能电网作为 21 世纪的下一代电网，正在引起人们的注意。本节从整体上描述了智能电网和功率半导体之间的关系。

▶▶ 什么是智能电网？

智能电网一词正在吸引很多人的注意。21 世纪的电网基础设施被称为"smart grid"，可以翻译为"智能电网"。电网这个词让笔者想起几十年前的真空管网，但 21 世纪是智能电网的时代。从这个意义上来说，它是一个"能源网络"。

　　智能电网是将现有的集中式电源和利用太阳能电池等可再生能源的分布式电源进行大规模安装，并利用高速通信网络技术对大规模电源、分布式电源和供应方需求进行综合管理的综合输配电网络。该项目的主要目的是减少供电系统的能源消耗量。当然，多余的能量会被回收并重新用于电网网络。功率半导体负责这个过程中的功率转换。

　　从这些电网向工厂、商业设施、办公室和家庭的电力分配与回收也是"智能"进行的。形象地说，我们的住所也接收来自各种电力能源的支持。这在图 10-3-1 中进行了总结。

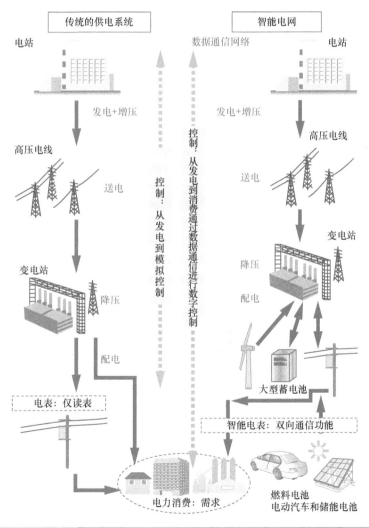

谈到智能电网，会有什么变化（图 10-3-1）

此外，如图 10-3-1 所示，智能电网以大型输电系统为基础，而将发电和消费限制在小范围内的微电网也正在被提出。当然，智能电网的概念也会被纳入微电网，以提高效率。

▶▶ **智能就是时尚**

最近，"智能"这个词已经成为一个流行的前缀，就像智能手机一样。

图 10-3-2 显示了一个智能电表（具有通信功能的电力表）的例子，它可以轻松读取电表。

©EVB Energy Ltd

智能电表的例子（图 10-3-2）

作为参考，目前，由于欧洲的电频是统一的，实验性地推广了智能电表。另外如马耳他共和国（其土地面积约为东京 23 个区的一半），也相对比较容易在全国范围内推广智能电表，而其他国家，如意大利，是发达国家中智能电表的早期采用者。

作为未来全球向智能电化转变的一部分，智能电网也会由至今为止的单方向电力流动转变为双方向的网络化。如图 10-3-3 所示，左边的传统基础设施在未来需要被右边的智能基础设施取代。

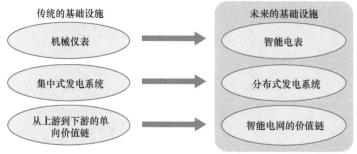

资料来源：基于IBM的演示材料。

传统与未来的基础设施（图 10-3-3）

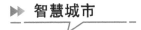

▶▶ 智慧城市

一个更进一步的计划被称为智慧城市，见图 10-3-4。这些都是环境友好型城市，利用信息技术来管理智能电网和可再生能源的使用，并进一步促进节能。在东京都地区，"柏之叶智慧城市"正在发挥作用。另一方面，从物联网 IoT 技术的横向使用来看，这也是很有意思的。

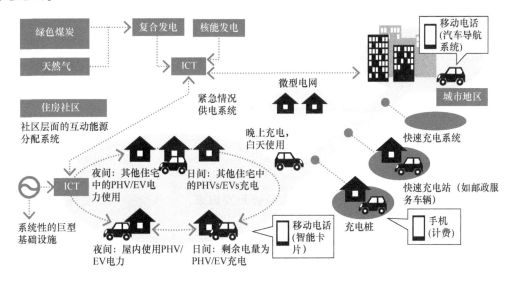

智慧城市的概念图（图 10-3-4）

10-4 电动汽车（EV）与电力装置

最近向电动汽车过渡的趋势劲头十足。电动汽车是由一个带有可充电电池的电动机驱动。最近，小型、轻型的交流电动机已经被开发出来，并且正在成为主流。功率半导体对于提高可充电电池电源的电压并将其转换为交流电至关重要。

▶▶ EV 化的加速

EV 是 Electric Vehicle 的缩写，字面意思是电动汽车。最近的全球趋势是加速向电动车的转变。

在新兴国家，现在的趋势是"越过"HV（混合动力车），一举从汽油车转向电动车。在中国和印度等拥有巨大市场的国家，要想获得商业上的成功，决不能错过向电动汽车的转变。

EV 电动汽车还具有结构更简单的优势，因为它只使用一个电动机，而 HV 车则使用一个发动机和一个电动机。

许多制造商已经在日本销售电动汽车，其中一些制造商已经开始将其经营资源转向电动汽车。自然，电动汽车不消耗汽油，由一个只靠电力转动的电动机驱动，而不是由发动机驱动。因此，电动汽车是低碳的。

电源是车载的，主要来源是可充电电池，通常是锂离子或镍氢电池。由于这些是可充电电池，因此需要充电设施。现在大多数大型停车场都有充电设施。外部充电设施为200V，30A。

使用燃料电池（FCC：Fuel Cell Vehicle）的电动汽车的开发也进行了一段时间，但这些电池是依靠氢气和氧气之间的反应工作的，与水的电解相反。而用于此目的的氢气站尚未广泛使用。

▶▶ EV 的构造

最近，紧凑型和轻型的交流电动机已经被开发出来，这些交流电动机是电动汽车的主流。

对于用转换器提升可充电电池的电源，并用逆变器将其转换为交流电，功率半导体至关重要。再次参考 4-5 节。三相交流电是驱动电动机的最佳方式，其配置如图 8-3-3 所示。

图 10-4-1 是 EV 电动车的电动机、电源和充电端口的示意图。因为现在每个大型停车

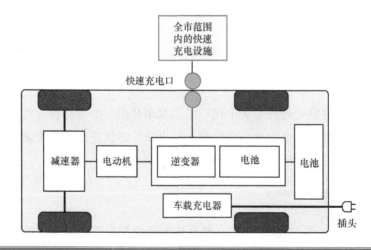

EV 结构示意图（图 10-4-1）

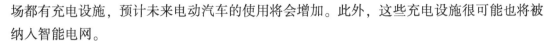

场都有充电设施，预计未来电动汽车的使用将会增加。此外，这些充电设施很可能也将被纳入智能电网。

在汽车和充电设备制造商中，用于车内使用的小型逆变器的开发也在不断进展。

第 8 章中讨论的向 SiC 的转变就是这样一种趋势。目前使用的是适合大电流驱动的 IGBT，但有报告说用 SiC MOSFET 取代它们可以提高燃料效率。

▶▶ 电动汽车配有大量的电子控制装置

当然，除了电动机之外，还需要一个 DC-DC 转变器从电池中降压，如图 10-4-2 所示，为温度控制、动力转向等产生 42V 电源，为雨刷、电动窗、音频和导航系统提供 14V 或 12V 电源。

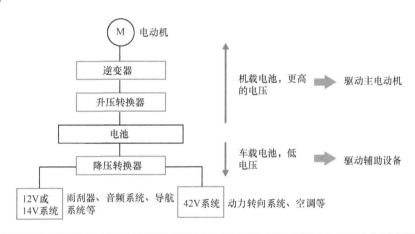

EV 的电源系统（图 10-4-2）

此外，汽车将越来越多地采用电子控制，包括电动机驱动、电源管理、安全传感器及其管理。

▶▶ 电动摩托等

当然，它将不仅适用于汽车，也适用于电动摩托车（滑板车）。基础设施的普及，如充电桩，可能会加速这一趋势。

最后多说一句，在功率半导体之外，中国制造商最近在充电电池市场份额的争夺中崭露头角。

各种类型的充电设施正在世界各地被投入实际使用。在日本，虽然由三菱汽车公司和日产汽车公司开发出了 Chademo 系统，但如果全球标准化的趋势继续下去，有必要加油跟上。

10-5 21世纪的交通基础设施和功率半导体

在上一节中，我们谈到了燃料电池在汽车中的应用，在这里来看看铁路等交通基础设施。最近，铁路正被重新评估为比汽油发动机更清洁的能源。

▶▶ 高速铁路网与功率半导体

发达国家和新兴国家正在朝着建设高速铁路网的方向发展。在日本，函馆和鹿儿岛由新干线连接，人们对高速铁路的期望值正在上升。除了北美和欧洲，新兴经济体也有需求。在这种高速铁路网的预期下，也可以看出未来功率半导体的需求。

功率半导体对于驱动高速铁路的交流电动机至关重要。

▶▶ 有轨电车的回顾

不仅是高速铁路。在我们的日常生活中，铁路正在被反复关注。当笔者还是个孩子的时候，有轨电车在大城市和省城都有运行。笔者在读大学时也坐过有轨电车，但在一个以汽车为主要交通工具的社会，有轨电车有点挡路，因此被取消了。如今，只剩下少数几个区域性城市还保留着有轨电车。然而，在一些城市，如长崎和函馆，它作为游客的交通工具仍然发挥着积极作用。

在日本，国土交通省已经启动了LRT项目，支持引入轻轨的措施。

最近在地方城市似乎有一种恢复有轨电车的趋势。图10-5-1是富山市的LRT。

富山市的 Centrum 轻轨（图10-5-1）

这样一来，功率半导体将越来越多地用于高速铁路以外的铁路相关应用。轻轨在西欧也越来越受欢迎，那里有许多类似于日本的城市交通基础设施。话说回来，笔者有幸因公访问了德国的斯图加特，乘坐了轻轨（称为 S-Bahn）。斯图加特是一个只有一条线路的城市，但也有地铁（称为 U-Bahn），两者似乎是并存的。似乎有一种分工，由地铁提供通往机场和郊区的交通，而轻轨则提供市中心的交通。笔者认为这对其他城市，可能是一个有用的参考。

10-6　功率半导体是一项有前途的跨领域技术

功率半导体在 21 世纪能源网络中的作用很重要，有可能成为横跨许多领域的技术。

▶▶ 功率半导体的回归

在本节中，我们从功率半导体的角度看看 10-1 节中所讲的内容。首先，在第 4 章中的图 4-2-2 也介绍了功率半导体的主要作用，现在对该图稍做修改，并在图 10-6-1 中重新呈现出来。功率半导体由于其更高的效率、更低的成本和更高的性能，从能源供应方和能源需求方来说都是一个很有前景的领域。换句话说，它们可以被看作是来自上游和下游的期望中的设备。另一方面，它有广泛的应用，有可能成为一个跨行业的技术。

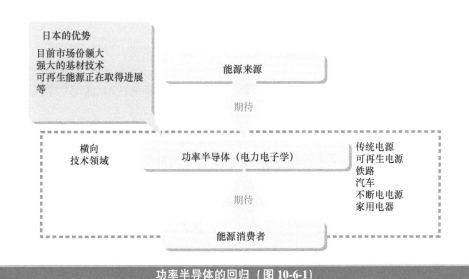

功率半导体的回归（图 10-6-1）

此外，正如第 6 至 8 章所讨论的其技术挑战涵盖了从基底材料到器件结构的广泛范围。正如第 4 章中简单提到的，从审视日本半导体产业的角度来看，它是一个合适的领域。日本的半导体行业曾经拥有世界上最大的份额，占全球市场的一半，但现在它只占全球市场的不到 20%，有人认为日本的半导体已经没有生命力了。

然而，另一方面，日本在功率半导体领域表现良好，功率半导体方面从基底材料的开发到应用产品，拥有大量的专有技术。图 10-6-2 所示的"纵向一体化"模型也可以说是日本擅长的领域。如果考虑建立一个无厂的功率半导体制造商，没准日本的半导体制造商有办法能在这个领域继续生存。

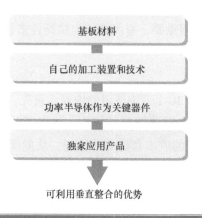

纵向一体化系统曾经主要存在于一般电子制造商中
许多排名靠前的功率半导体都是以一般的电子厂商为基础

功率半导体的纵向一体化商业模型（图 10-6-2）

▶▶ 它可能是这个时代的关键词吗？

关键词会不时地变化。然而，笔者相信，在可预见的未来，21 世纪仍将是环境和能源的世纪。

在这种情况下，构建一个功率半导体可以发挥积极作用的应用市场越来越重要。

在 LSI 领域，只关注小型化的计划被迫转向，从 2006 年左右开始，除小型化以外的其他领域开始出现在蓝图上，这些领域曾被归入"More than Moore"一词之下。此外，电力设备也被列为候选对象。许多半导体制造商由于无法跟上微型化的步伐，国际半导体技术发展路线图的活动已经停止了。在这种情况下，笔者认为功率半导体的未来发展正在引起人们的关注。

材料、关键设备的存续

笔者有机会工作的第一家电子制造商使用铁氧体、陶瓷和磁性材料制造电子元件，所以当笔者刚进公司时，在实习期间（当时这种东西仍然存在）以及自己还是一个新人时，听到过很多次"公司很强大，因为有这些材料"的说法。

这可能是真的，但在当时，它听起来只是像一个流行语。在铁矿厂的生产培训期间，笔者浑身都是粉尘，回到宿舍后就盼着能洗个澡。

笔者工作的下一家公司，其创始人从学生时代起就是著名的发明家，似乎专注于"做别人不愿意做的事"。笔者多次听到和读到公司以前的故事。

当公司规模还很小的时候，他们利用宝贵的资源在内部制造半导体，成为世界上第一家使用自己的晶体管生产和销售晶体管收音机的公司。

笔者年轻时被告知材料和关键设备的重要性，所以在写材料方面的东西时或许有失偏颇。希望读者在阅读这个故事时能记得这一点。

然而，正如时代的关键词在变化一样，时代所需的材料和关键设备也会发生变化。笔者相信，这是对一个人看清时代能力的考验。

10-7 功率半导体制造商

最后看看进入功率半导体领域的制造商和未来的趋势。

▶▶ 功率半导体制造商的现状

经营状况恶化和被外资收购的新闻，都在反映日本电子和半导体制造商的停滞不前。在 20 世纪 80 年代中期，日本半导体制造商一度占据了世界半导体市场约 50% 的份额。

例如，在 1985 年，世界前五名中有当时的 NEC、日立和东芝。本书的目的不是要讨论其原因，所以在此不做展开。

图 10-7-1 的左边是世界半导体制造商的排名。前 10 名中唯一的日本公司是东芝。取而代之的是韩国公司和美国的高通公司等无工厂制造商⊖，以及美光等晶圆代工厂⊜。

⊖ 无工厂制造商：设计自己的产品并从外部制造芯片的制造商，没有自己的工厂。

⊜ 晶圆代工厂：半导体设备的生产制造承包商。

半导体整体排名		
1位	Samsung	（韩）
2位	英特尔	（美）
3位	SKHynix	（韩）
4位	Micron	（美）
5位	Qualcom	（美）
6位	Broadcom	（美）
7位	TI	（美）
8位	东芝	（日）
9位	西部数码	（美）
10位	NXP	（荷）

功率半导体排名		
1位	Infinion	（德）
2位	三菱电机	（日）
3位	Fairchild	（美）
4位	ST micro	（意、法）
5位	东芝	（日）
6位	富士电机	（日）
7位	renesas electronics	（日）
8位	Vishay	（美）
9位	On Semiconductor	（美）
10位	Microsemi	（美）

■：日本制造商

2017年的排名来源；基于Gartner DataQuest和HIS文件。

半导体制造商排名的比较（图 10-7-1）

最初，半导体制造业主要在一般的电子产品和家电制造商中发展。这是因为半导体设备取代了传统的整流器和真空管设备。然而，商业模式从上述的纵向统一型转变为横向发展型，造成了目前的局面。

▶▶ **功率半导体的"秘方"**

如第 8 章所述，功率半导体的制造过程与 MOS LSI 的制造过程不同，仍然有独特的结构和工艺，而且还有添加"秘方"等环节，因此不是简单地通过安排材料和设备就能完成的。

图 10-7-1 的右侧显示了功率半导体制造商的排名。有四家日本制造商进入了该排名。在功率半导体领域，大多数产品占到市场份额的一半左右。

例如，三菱电机、富士电机和东芝共占全球 IGBT（一种新型功率器件）生产份额的60%左右。

功率半导体领域的实力是未来半导体业务发展中需要考虑的问题。我们应该考虑在未来利用这些优势的战略。

▶▶ **新兴国家的崛起**

图 10-7-1 中世界半导体制造商的排名显示了新兴国家的显著崛起，如韩国。新兴国家已经认识到功率半导体的重要性，并开始采取各种举措。我们需要关注未来的趋势。

另一方面，随着未来人口的增长，亚洲新兴国家对功率半导体的需求预计将随着基础设施的发展而增加。换句话说，有必要关注功率半导体市场的潜力。

参 考 文 献

撰写本书时参考的主要功率半导体书籍如下所示。

 1) "パワーMOS FETの応用技術"、山崎浩, 日刊工業新聞社 (1988)

 2) "パワーエレクトロニクス学入門"、河村篤男編著, コロナ社

 3) "パワーエレクトロニクスとその応用"、岸敬二, 東京電機大学出版局

鉄道や自動車への応用をはじめ, 各応用については

 4) 図解「鉄道の科学」、宮本昌幸, 講談社ブルーバックス

 5) "とことんやさしい電気自動車の本"、廣田幸嗣, 日刊工業新聞社

 6) "とことんやさしいエコデバイスの本"、鈴木八十二, 日刊工業新聞社

 7) "よくわかる最新電気の基本と仕組み"、藤澤和弘, 秀和システム

另外也参考了一些书籍和文章, 在此没有逐一列举, 但我们要感谢他们。 数字和照片的来源都有注明。

关于市场和行业趋势的信息, 我们参考了媒体报道。 还使用了政府和公司网站的材料, 在此也表达感谢。 最后, 我将以个人名义, 将这本书献给我的孙女。